MIKECRACK, EL TROLLINO, TIMBA VK

LOS COMPAS
Y EL DIAMANTITO LEGENDARIO

mr

Obra editada en colaboración con Editorial Planeta – España

Diseño de portada: Planeta Arte & Diseño, 2018
Ilustración de portada: © Third Guy
Diseño de interior: Rudesindo de la Fuente

© 2018, Mikecrack
© 2018, El Trollino
© 2018, Timba Vk,
Edición y fijación del texto: José Manuel Lechado

© 2018, Editorial Planeta S.A. – Barcelona, España

Derechos reservados

© 2018, Editorial Planeta Mexicana, S.A. de C.V.
Bajo el sello editorial PLANETA M.R.
Avenida Presidente Masarik núm. 111, Piso 2
Polanco V Sección, Miguel Hidalgo
C.P. 11560, Ciudad de México
www.planetadelibros.com.mx

Primera edición impresa en España: octubre de 2018
ISBN: 978-84-270-4471-5

Primera edición impresa en México: diciembre de 2018
Décima primera reimpresión en México: junio de 2020
ISBN: 978-607-07-5604-7

Impreso en los talleres de Impregráfica Digital, S.A. de C.V.
Av. Coyoacán 100-D, Valle Norte, Benito Juárez
Ciudad De Mexico, C.P. 03103
Impreso en México –*Printed in Mexico*

ÍNDICE

INTRODUCCIÓN:
LA MALDICIÓN
DEL TITÁN OSCURO

Hace un montón de tiempo, mucho antes de que se construyeran las pirámides o la autopista que pasa cerca de tu barrio, el mundo era un lugar distinto. Pero que muy distinto: en aquella época la humanidad se esforzaba por sobrevivir en una Tierra dominada por los titanes. Estos eran seres maléficos, además de enormes, cuyo líder era el más malo de todos: el Titán Oscuro.

Su aspecto era terrorífico, sobre todo sus ojos, que resplandecían con tonos de color morado sobre las sombras que formaban su cuerpo. Aunque lo de «Oscuro» no le venía tanto de su aspecto como de sus malas intenciones. Violento y ambicioso, quería ser el dueño del planeta entero. Y para ello se apoyaba no solo en su ejército de titanes, sino también en todo tipo de bestias infernales y engendros.

Solo un héroe mítico fue capaz de enfrentarse a la tiranía, un caballero llamado Kevin Willys. Era un tío muy guapo, así con su melenita rubia, su caballo blanco, su armadura reluciente y una gran espada... Pero sobre todo era valiente, un guerrero que, combate tras combate, fue derrotando a los titanes... uno por uno. Es lógico: enfrentarse a todos a la

vez habría sido una locura. Incluso para alguien tan fuerte y valiente como Kevin Willys.

La lucha, sin embargo, se decidió en un último combate. Los malos siempre se esconden detrás de sus secuaces, pero al final hasta el mismísimo Titán Oscuro tuvo que hacer frente a su enemigo. Y no le fue bien: Kevin Willys lo derrotó, pero su victoria no resultó fácil y tuvo un precio.

Nunca antes había ocurrido nada parecido ni volvería a pasar. Bueno, a ver... Desde entonces han pasado muchísimas cosas interesantes, es cierto. Pero es que esta lucha fue espectacular, digna de un videojuego que todavía no se ha inventado, no decimos más. El enfrentamiento duró tres días y tres noches en los que ambos guerreros cruzaron sus espadas sin descanso. Eran los dos tan poderosos que no había manera de declarar un vencedor. Igual que en esos partidos de fútbol en los que hay muchas ocasiones de gol, pero nadie marca y hay que jugar la prórroga. Bueno, más o menos.

Tanto el caballero como el titán, después de tanta lucha, acabaron agotados. Como el destino de la humanidad pendía de un hilo, al amanecer del cuarto día Kevin Willys recurrió a la única opción que le quedaba para destruir al monstruo. Reunió toda la magia disponible en aquel mundo antiguo y forjó un arma, poderosa y definitiva, para derrotar al Titán Oscuro. El caballero solo tuvo una oportunidad para usarla y no la desaprovechó: en un último choque, Kevin Willys logró herir de gravedad al Titán Oscuro y derrotarlo. Sin embargo, la suerte fue caprichosa, como casi siempre.

El Titán, desprovisto de sus poderes destruidos por la magia del arma, se vio obligado a retirarse al inframundo junto al resto de sus inmundas criaturas. Escondido en un lugar remoto, tras el llamado «Portal de obsidiana», cayó en un sueño encantado que duraría miles de años: hasta que las estrellas volvieran a situarse en una conjunción apropiada. Cuando eso ocurriera, el Titán Oscuro recuperaría su poder y volvería a la superficie para reconquistar la Tierra. Siempre acompañado, por supuesto, de su ejército de alimañas demoníacas.

Al menos de momento la humanidad había vencido: derrotados los titanes, nuestra especie empezó a dominar el planeta y a construir la historia que conocemos, esa que los profesores se empeñan en enseñarnos en el colegio. En general con poco éxito, la verdad. Kevin Willys fue aclamado como un héroe por los suyos (que eran también los nuestros, pero antiguos. Más o menos nuestros tátara-tátara-tátara-tátara-...tatarabuelos. Si le metemos diez o doce «tátaras» más, nos podemos hacer una idea). Sin embargo, era consciente de que la batalla entre el bien y el mal no había terminado. El caballero sabía que el Titán Oscuro despertaría en el futuro, así que guardó el arma mágica para que otro guerrero, cuando llegara el momento, pudiera usarla de nuevo contra el malvado. Kevin Willys escribió también un pergamino con instrucciones para su sucesor. Todo ello quedó guardado en una isla oculta por la magia, una isla que solo podrían ver ciertos seres escogidos para cumplir la profecía.

Fue una buena idea, porque aquel combate legendario, sus héroes y sus villanos, incluso el tipo de arma con la que fue derrotado el Titán Oscuro, cayeron poco a poco en el olvido. Al cabo de unas pocas generaciones apenas quedaba rastro de todo aquello, salvo en algunas leyendas que

hablan, con poca precisión, de titanes, demonios, portales ocultos, armas mágicas e islas remotas.

Pero olvidar una amenaza no significa que esta no exista: bajo tierra, a gran profundidad, el Titán Oscuro sigue en el desolado inframundo aguardando el momento de volver. Y no, ese sitio *desolado* no es el solar que hay cerca de tu barrio: ahí van a construir un centro comercial.

Una siniestra horda de seres infernales sigue rindiendo culto al Titán Oscuro en el inframundo, más allá del Portal de obsidiana: zombis, brujas, esqueletos, bestias voladoras... También hay quien afirma haber visto el lugar donde se celebró aquella antiquísima batalla, que el arma ancestral existe, aunque no se sabe cuál es su aspecto, y que algún día el Titán volverá a la Tierra para dominarla o ser destruido definitivamente.

Aunque nada de esto importa ya porque, al fin y al cabo, ¿quién cree hoy en día en viejas leyendas y profecías?

¡Por fin unas merecidas vacaciones! Eso es lo que pensaba Trolli pocas horas antes, cuando él, su mascota Mike y su amigo Timba estaban a punto de subir al avión con destino a Tropicubo... ¡Ah, Tropicubo! Es el nuevo paraíso turístico, con todo tipo de atracciones, unas playas estupendas, un tiempo que siempre es bueno y una comida deliciosa. Lo de la zampa es lo que más atraía a Mike.

—Estoy deseando probar la comida, Trolli.

—Siempre pensando en lo mismo, colega.

—Venga, no me seas vinagrito —gruñó Mike.

Por desgracia, el viaje tan maravilloso que habían planeado iba a llenarse de problemas. El primero, el hambre insaciable de Mike. Cuando ve cerca algo que interpreta como comestible, le cuesta contenerse. Y el control de entrada del aeropuerto no es el mejor sitio para hacer bromitas.

—Billetes, por favor —le pidió al Trollino una señora uniformada, con cara de pocos amigos.

Trolli fue a sacar los billetes del bolsillo de su maleta, pero no los encontró. Al menos no como le habría gustado. Lo que tenía de pronto entre los dedos eran unos papelujos bastante deteriorados y ligeramente húmedos.

—¿Qué es este desastre? ¿Dónde están los billetes? —preguntó Trolli, mirando a Mike con cara de sospecha.

—Yo no he sido —contestó el perro, cambiando su color amarillo habitual a un tono naranja brillante: era su manera de ponerse colorado.

—No me mientas... ¡Te los has zampado!

—Bueno, sí... —contestó Mike—. Pero solo un poco.

—¿Un poco? ¿Te crees que con esto nos van a dejar pasar?

—Yo diría que no —advirtió la señora del control, cada vez más impaciente.

Podía haber sido un desastre, pero por suerte Trolli, que conoce muy bien a Mike, había previsto que algo así podía pasar.

—Tenga, señora. Imprimí una copia, por si acaso —dijo Trolli, fulminando con la mirada a Mike, que se hizo el despistado mientras volvía poco a poco a su color normal.

La señora miró los papeles con desconfianza. Luego miró a Trolli, a Timba y a Mike, y los dejó pasar. Ojalá hubiera sido este el único inconveniente del viaje, pensaba Trolli unas horas después, recordando el suceso del aeropuerto mientras discutía con el recepcionista del Hotel Tropicubo.

—No puedo darles su habitación si no me muestra la hoja con las reservas, caballero —insistía el tipo, que era casi igual de simpático que la mujer del aeropuerto.

—Pero, oiga, ¿por qué no lo mira en el ordenador? —propuso Trolli.

—Busque, busque —intervino Timba—: Timbavk, Mikecrack y ElTrollino.

—Lo haría, caballero, pero es que el ordenador no funciona.

—¿Y cuándo funcionará? —preguntó Timba, con cara de sueño.

—Yo qué sé. Esto es un paraíso tropical, no la NASA. La mitad de los días no funciona nada. Pero no suele importar, porque la gente se trae las reservas impresas de casa, ¿saben?

Mike tosió un poco y escupió unos trocitos de papel. En uno de ellos se veía el logotipo del hotel: «Tropicubo Luxury». El mejor y también el único de la ciudad. Trolli tuvo ganas de matar a su mascota. Y entonces se acordó de lo bien que se ocupaba de estas cosas Roberta, su querida esposa fallecida tiempo atrás. No pudo evitar la pena:

—¡¡¡Aaaaayyyy, Robertaaaa!!! ¡Cómo te echo de menos!

El recepcionista miró a Trolli con cara de pasmado. Entonces intervino de nuevo Timba. Había dado con la solución.

—Mire, amigo: me caigo de sueño. Pero acabo de recordar que llevo en el móvil una captura de cuando hicimos las reservas. ¿Vale con eso? —le soltó, mostrándole un pantallazo con la foto de la reserva de habitación.

—Haber empezado por ahí, caballero.

Las gestiones concluyeron con éxito, aunque Trolli se sentía un poco deprimido por cómo estaba empezando el viaje. Timba le animó:

—Venga, hazme caso y alegra esa cara: todo ha ido tan mal hasta ahora que las cosas ya solo pueden mejorar, ¿no?

—¡Es verdad! —respondió Trolli, más animado—. Entonces, ¿qué? ¿Dejamos los trastos en la habitación y nos vamos a la playa?

—Ah, no, eso no. Yo prefiero echarme la siesta hasta la hora de cenar —fue la respuesta de Timba.

—¡Guau! —añadió Mike, que cuando no quiere discutir, ladra.

—Venga, chicos, lo pasaremos bien. Nos podemos dar un baño y luego... Pero... —Trolli se quedó sin habla—. ¡No fastidies, Timba!

Timba estaba roncando en el sofá de la recepción, con los pies encima de la maleta. Trolli fue a despertarle cuando, de pronto, le alertó la voz del empleado del hotel:

—¡Pero, oiga, controle usted a su perro!

Mike estaba... Bueno, digamos que aliviando su vejiga urinaria, cosa que los perros hacen muy a menudo. El problema era que estaba descargando sobre la tierra de una maceta que adornaba la recepción.

—¡Eso, tú no te cortes, Mike! —gritó Trolli.

—Es que me hacía pipí. ¡Y no me hacéis ni caso!

—Su perro es de lo más maleducado —gruñó un cliente del hotel que pasaba por allí.

—¡Oiga, usted a lo suyo! —protestó Mike.

En un momento se montó tal discusión que los gritos acabaron despertando a Timba.

—¡Pero qué pasa! ¡No hay quien se esfuerce con vuestro jaleo!

—Te pasas el día durmiendo, Timba —refunfuñó Trolli, que veía que sus dos colegas le iban a amargar las vacaciones—. ¡Y tú no paras de comer, Mike!

—Es que estoy creciendo —se defendió el aludido—. Pero estoy de acuerdo con Timba: deberíamos comer y echarnos una siestecita. O echarnos una siestecita y comer. O comer, echarnos la siesta y luego cenar.

—¡Madre mía, vaya dos! —se desesperó Trolli—. Pero si no hacéis otra cosa. ¿Cómo podéis tener hambre y sueño?

Os habéis pasado todo el vuelo roncando, salvo el ratito que vino la azafata con la comida. Y en ese momento tú, Mike, te comiste tu bandeja, parte de la mía y la de la señora de delante, aprovechando que había ido al servicio. ¡Y luego me he llevado yo la bronca!

—¡Qué injusto es el mundo con los perros! —murmuró Mike.

—No, de injusto nada. Porque mientras yo me llevaba la charla, tú te has puesto a comerte las instrucciones sobre cómo ponerse el chaleco salvavidas y todo eso.

—Anda, que si llegamos a tener un accidente, sí que habríamos pasado hambre —bromeó Timba, intentando calmar a su amigo.

—¡Yo sí que tengo hambre, que no he probado bocado desde el desayuno! —bramó Trolli, ajeno al humor de Timba—. ¡Y mirad la hora que es! ¡Las cuatro de la tarde!

—Eso es en casa. Aquí, según la hora local, son las ocho de la mañana... otra vez. Pues mira, podemos desayunar de nuevo —soltó Timba. Pero al ver la cara furiosa de Trolli, dejó de bromear—. Está bien, vinagrito, tienes razón. Haré un esfuerzo: iremos a la playa. ¡Siempre podré echar una cabezada en la arena!

Mientras hablaban de estas cosas, el recepcionista llamó a un botones para que llevara los equipajes de nuestros amigos a la habitación. Luego, y sin parar de gruñir, cambió de sitio la maceta, porque olía un poco mal... Mientras los Compas se dirigían hacia la playa, a Timba le dio la risa recordando el enfado de la señora del avión.

—Menuda cara puso, ¡ja, ja, ja!

—La verdad es que sí era graciosa —admitió Trolli, riendo un poco—. ¡Pero no estuvo bien!

Tropicubo es un lugar maravilloso. La ciudad, de casitas blancas, desciende hasta el mar por una ladera rodeada de bosques tropicales. En lo alto hay un viejo castillo que, según cuenta la publicidad, había sido escenario, en otros tiempos, de duras peleas con piratas. Ahora la fortaleza es un museo. Lo más bonito de todo, sin embargo, es la larguísima playa de arena muy blanca, bordeada de palmeras, que se extiende kilómetros y kilómetros frente a un mar de color turquesa. El sol brillaba tanto aquel día que hasta Mike se puso unas gafas de sol. En la playa había todo tipo de diversiones: esquí acuático, lanzamientos en paracaídas, viajes en barco...

—¡Cómo mola esto! —gritó Trolli entusiasmado—. Podríamos pillar una barca de pedales. ¡O hacer esquí acuático!

—Yo soy un perro —murmuró Mike—. ¿Cómo voy a hacer esquí acuático? Mejor podríamos montar en uno de esos barcos con fondo de cristal. Se puede ver a los pececitos nadando... Y a lo mejor nos podemos comer alguno.

—¿Y para qué subirse a uno de esos trastos, junto a un montón de turistas, si podéis navegar por vuestra cuenta y visitar el lugar que queráis? —preguntó una voz detrás de los Compas.

Los tres se volvieron para ver quién les había hablado. Era un típico lobo de mar: un hombre de mediana edad, con la piel tostada por el sol. Vestía pantalones negros, una camiseta de rayas blancas y una gorra de capitán de barco. De los labios le colgaba una vieja pipa de madera tallada, aunque no estaba encendida. Su nariz era ganchuda. Tanto, que parecía el pico de un loro. Sobre el ojo izquierdo un parche rojo le daba toda la pinta de uno de esos piratas de los que hablaba el folleto turístico.

—Perdone... ¿Nos lo dice a nosotros? —intervino Timba, con mucha educación. El tipo le había caído bien automáticamente: tenía cara como de pollo. Incluso le pareció que olía a pollo en pepitoria, aunque el olor venía, en realidad, de un restaurante cercano.

—Claro que sí, muchachos —contestó el marino—. He visto que tenéis pinta de aventureros y, ¡qué diablos!, he pensado: a estos chicos les encantará alquilar mi barco para visitar las islas.

—Pues sí que me parece buena idea —dijo Mike, con una gran sonrisa, después de olisquear al marino.

—Anda, un chucho que habla —sonrió el hombre—. Por aquí no abundan.

—Oiga, no me llame «chucho» —respondió Mike—. Que yo he estudiado.

–A mí también me gusta el plan —observó Timba—. Aunque yo, en realidad, más que cara de aventurero lo que tengo es sueño.

—¿Y eso qué tiene que ver? —preguntó, con gesto de sorpresa, el marino.

—Es por si me puedo echar la siesta en la cubierta.

—No le haga caso, capitán —dijo Mike—: es que siempre tiene sueño.

—¡Ja, ja, ja! ¡Claro que puedes echarte la siesta, chaval! Y no me llaméis «capitán», muchachos. Para los amigos soy Rius.

—¿Somos amigos ya? ¿Tan pronto? —preguntó, mosqueado Trolli, a quien no le acababa de gustar el aspecto del marino (y menos aún el del barco)—. Chicos, ¿podemos hablar un momento a solas?

—Claro —contestó Timba—. Si nos disculpa un momento, señor Rius.

—Por supuesto, muchachos. Pero nada de «señor». «Rius», a secas.

Los Compas se apartaron un poco y se pusieron a hablar entre ellos.

—¿Qué pasa, Trolli? —preguntaron a la vez Mike y Timba.

—¿Es que estáis bobos? —fue la respuesta—. No me gusta este tipo.

—¿Y por qué no? —preguntó Timba—. ¿Porque tiene cara de pollo tuerto?

—No, cenutrio: porque tiene una pinta malísima. Y su barco es un cacharro. ¿De verdad queréis que nos metamos ahí? ¿Y si nos secuestra y nos convierte en salchichas? ¿O... y si nos hundimos?

—Mmmmm, salchichas... —se relamió Mike.

—Qué exagerado eres, Trolli —sentenció Timba—. Seríamos tres contra uno... Y el barco no está tan mal.

—En efecto, el barco no está tan mal, pese a su aspecto —intervino Rius, de pronto—. Os aseguro que no se va a hundir. Además, yo no iría con vosotros, muchachos. Perdonadme, pero es que como solo os habéis separado medio metro, estoy oyendo todo lo que decís. No tenéis nada que temer: alquilo mi lancha sin tripulación. Me pagáis, os montáis, os vais por vuestra cuenta y yo os espero en la taberna del puerto, junto a mis amigos marineros. Nos encanta contarnos viejas historias. Son siempre las mismas, pero oye, nos lo pasamos bien. ¿Qué me decís? ¡Todos salimos ganando!

—Hombre, visto así —admitió Trolli, un poco avergonzado—... Aunque sigo pensando que no es buena idea.

—Pues a mí sí me apetece —afirmó Timba.

—Pero antes deberíamos comprar unos bocatas —añadió Mike.

—Hay cosas de comer en la nevera del barco —señaló Rius.

—¡No se hable más! ¡Todos a bordo!

—Excelente, muchachos. Por dos cubodólares la hora podéis navegar hasta hartaros. ¡Es una ganga!

—Hombre... Tanto como una ganga —observó Trolli, que seguía desconfiando.

—Venga, vale... —zanjó la cuestión Timba—. ¡Estamos de vacaciones y un día es un día! ¡Nos vamos!

—Yo no lo veo claro —murmuró por lo bajo Trolli, mientras seguía a sus compañeros hasta la lancha.

La pluma negra, así se llamaba la barca de Rius, era un auténtico cascarón de nuez. Mediría unos diez metros de largo (de «eslora», como dicen los marinos) y no la habían pintado en los últimos treinta o cuarenta años. De los lados del casco colgaban algunos mejillones que Mike se apresuró a devorar. Rius puso en marcha el motor que, después de unas cuantas toses, empezó a escupir un humo espeso y maloliente. Después, abrió una portezuela y sacó una carta marina tan vieja y cascada como la propia *Pluma negra*.

—En este plano están marcadas las rutas a las islas más interesantes de la zona. ¿Supongo que sabéis leer un mapa y usar la brújula, verdad? —preguntó Rius.

Los Compas se miraron unos a otros, sin decir nada. Al cabo de unos segundos, Timba, que no quería perderse la siesta, puso cara de viejo lobo de mar y dijo:

—Por supuesto, Rius. Hemos recorrido un montón de veces los cinco mares.

—Son siete. Siete mares —le corrigió Trolli.

—Bueno... Es que no nos ha dado tiempo a estar en todos —respondió Timba, enseñando los dientes.

—Para mí es suficiente, muchachos —sonrió Rius—. ¡Adelante, pasadlo bien! Eso sí, volved antes de que oscurezca.

Diciendo esto, dio un empujón a la lancha, que comenzó a alejarse del pequeño puerto deportivo. Trolli sujetó el timón con fuerza, llevando la barca mar adentro. No se habían alejado ni cien metros de la costa cuando Timba roncaba ya con la cara apoyada sobre la barandilla de babor mientras Mike buscaba algo de comer.

—Vale... Aquí estamos, en medio del mar con uno frito y el otro muriéndose de hambre con la tripa llena —sentenció Trolli, con la vista fija en el precioso color azul del mar—. Es fantástico... ¿Qué podría salir mal?

El Portal de obsidiana, acceso eterno al inframundo, es un lugar extraño, rodeado de corrientes de lava y bloques de piedra cristalizada. Una vegetación enferma y triste, medio cubierta de telarañas, deja ver solo algunas partes de su piedra negra tallada con símbolos escritos en un lenguaje desconocido para la humanidad. Pero aunque ningún ser humano ha estado nunca allí, el lugar guarda mucha relación con el destino de nuestra especie. Porque hoy, justo hoy, parece haber llegado ese momento terrible que anunció, hace miles de años, la profecía de Kevin Willys.

El entorno del portal se cubre de nubes de un color extraño. Más que extraño, aceitoso, parecido al agua del estanque del parque. Sí, ese donde nadan los patitos. En pocos minutos la oscuridad se extiende sobre la llanura de lava que rodea el Portal. Luego un viento huracanado lo barre todo y estalla la tormenta. Grandes relámpagos iluminan el aire con tonos azulados hasta que, sin previo aviso, un rayo más potente que los demás impacta sobre el árbol muerto que se levanta junto al Portal. De inmediato, sus ramas secas empiezan a arder y una lluvia de fuego cae sobre la vieja obsidiana.

El acceso al inframundo despierta, con el fuego, de su sueño milenario. Y lo hace, por cierto, como cualquiera: con mal aliento. La puerta mágica se abre poco a poco y de su interior sale, como anuncio de las desgracias que se avecinan, un hedor infernal, una peste de todos los demonios... y nunca mejor dicho: la puerta abre nuestro mundo a los secuaces del Titán Oscuro.

Que esto es así lo dice no solo el pestazo, sino un estruendo que se impone al ruido del viento y la tormenta y que sale de lo profundo del Portal: gemidos, aullidos, chirridos de todas clases. Es la «música» escalofriante que avisa de las criaturas que preceden el regreso del mal previsto en la profecía: el Titán Oscuro está a punto de despertar. Pero antes que él lo harán sus servidores para llevar la desgracia a toda la Tierra: brujas con misteriosos poderes; zombis contagiosos, no demasiado inteligentes a pesar de llevar el cerebro a la vista; esqueletos arqueros, espectros de los humanos traidores que lucharon junto al ejército de los titanes; gases, malévolas medusas cuyo hedor pondría enfermo hasta a un fabricante de quesos; y las extrañas mantarayas voladoras, los exploradores de este ejército infernal, capaces de recorrer medio mundo en unos instantes. Su principal objetivo: encontrar el pergamino de Kevin Willys, clave de la profecía que muestra el camino para encontrar el arma ancestral. Un arma que el Titán Oscuro quiere tener en su poder a toda costa.

En nuestro mundo nadie imagina el terror que está a punto de surgir de debajo de la tierra, pero ya han empezado los signos previos a la destrucción: terremotos en todos los países, incluso en lugares donde nunca antes se produjo uno; grandes fisuras abiertas que dejan ver ríos de roca fundida; volcanes que estallan de pronto, cubriendo de cenizas ardientes muchas ciudades; en el mar, tsunamis catastróficos barren las costas, hunden barcos y destrozan puertos.

El Portal de obsidiana empieza a emitir una luz morada, muy tenue, que poco a poco va ganando en intensidad. Un asfixiante olor a azufre lo impregna todo mientras sobre la luz se forma un dibujo, una espiral hipnótica que minuto a minuto se vuelve de un color púrpura brillante. Tras su larga inactividad, el portal queda abierto y la horda de bestias horrendas lo cruza hacia el mundo de los vivos.

Ese es nuestro mundo, donde empieza a tener lugar el primer acto de la venganza del Titán Oscuro.

3.
MARINEROS DE AGUA DULCE

El mar azul. ¡Qué bonito todo! Las nubes blancas, el sol del verano, las olas... Sí, el mar es guay... hasta que empiezan a pasar cosas. Cosas malas. Como que las nubes blancas se vuelvan grises y el sol del verano se vaya a la porra. O que las olas sean cada vez más altas y agiten el barco como si fuera una coctelera.

—Esto se está poniendo feo —dijo Trollino, sujetando el timón con fuerza.

—Dímelo a mí —se quejó Mike, mareado como un mono en una noria.

—Y encima... ¡No sé dónde estamos! Si no hubieras devorado el mapa hace un rato, no nos habríamos perdido.

—Era muy antiguo ese mapa —se justificó Mike—, no nos habría servido. Deberías preocuparte por mí, que me ha sentado mal.

—¡Habrá sido la tinta!

Las hermosas islas cubiertas de palmeras habían quedado atrás, hacía rato que habían perdido de vista la tierra firme y el mar estaba a cada minuto más agitado. Solo Timba parecía no preocuparse. Bueno, es que dormía alegremente.

—Esto no me gusta, Mike —dijo Trolli, sin saber muy bien adónde dirigir el barco.

Mike no contestó: estaba ocupado pasando de su tono amarillo habitual a otro más verdoso.

—¡Esto se mueve más que mi prima la coja bailando reggaetón! —se quejó Timba, volviendo a la realidad—. No hay quien se *esfuerce* con este jaleo.

—¿Tendrás morro? —dijo Trolli—. Si llevas roncando desde que nos embarcamos.

—Quiero volver a la playaaaaa —gimió Mike, cada vez más mareado.

—Si me hubierais hecho caso cuando os dije que Rius no me gustaba... —gruñó Trolli.

—Sí, eso, la culpa es mía. ¡¡¡Aaaaay, qué duro es ser perro!!!

—Venga, chicos, ¿cuál es el problema? —preguntó Timba.

—¿Problema? ¿Uno solo? ¡Problemas! Te lo resumo, Timba: nos hemos perdido y está a punto de estallar una tormenta de mil millones de demonios.

—¡Ya hablas como un viejo lobo de mar! —rio Timba—. No hay que preocuparse: esto no es más que el principio de una gran aventura.

—¿Tú crees?

—Claro. Las cosas podrían ser mucho peor.

Apenas pronunció Timba estas palabras, el motor del barco soltó unos tosidos, echó una bocanada de humo negro... y se detuvo.

—Ah, pues sí, señor gafe, tienes razón: puede ser peor. ¡Mucho peor!

Trolli y Timba corrieron a popa (la parte de atrás del barco, para entendernos) a echarle un vistazo al motor.

—¡Timba, trata de arrancarlo! —exclamó Trolli.

—Lo intento... Pero nada, que no va —sentenció Timba.

—¿Estás seguro?

—Hombre, no sé... Mis conocimientos sobre barcos se limitan a lo siguiente: el motor arranca apretando ese botón rojo. Lo aprieto y no pasa nada. Conclusión: estamos perdidos.

—¡Maldita sea! Ojalá estuviera aquí mi querida y difunta esposa. ¡Aaayyy, Robertaaaa!

—¿Y a qué viene eso ahora, Trolli? Se te va la olla con la tensión.

—¡Ay de mí, qué malito estoy! —se quejó Mike—. ¿Cuándo llegamos, falta mucho?

—¡Si es que pasáis de mí! —protestó Trolli—. Yo no quería subir a este barco.

—Cuánta razón tienes. La próxima vez te prometo que te haré caso.

—¿Y si no hay una próxima vez?

Mientras, en la proa (o sea, la parte delantera de *La pluma negra*... y de cualquier barco, que los marinos le ponen nombres raros a todo), Mike se debatía entre la vida y la pota cuando, de pronto, le pareció ver una isla en medio de la niebla. Pero no una isla cualquiera, sino una coronada por un gran volcán cuya lava teñía de luz roja las nubes altas.

—Debo de estar a punto de morir, amigos —se lamentó, en plan melodramático.

—¿Por qué dices eso? —le preguntó Trolli, sin volverse.

—Porque estoy alucinando: creo que hemos llegado a Mordor.

—No digas tont... ¡Espera, que es verdad! —se sorprendió Trolli.

—Menudo capitán de barco estás tú hecho —se rio Timba—. ¡Y tú te creías que estábamos a punto de palmar, ja, ja, ja! Solo hay que llegar a tierra y pedir ayuda a los nativos...

—Y unas pastillas contra el mareo —añadió Mike.

—¿Y cómo llegamos, genio?

—Pueeeeessss... —Timba se quedó pensativo unos segundos—. Solo veo una manera: donde dije «llegar», quería decir «nadar».

—Uffff, yo paso —se apresuró a decir Mike—. Si me mojo, luego decís que huelo mal y me ponéis a dormir en el baño.

—Yo es que no busco la fama —se disculpó Timba—. Prefiero quedarme a vigilar el barco y que el héroe seas tú, Trolli, querido.

—Ya... Menudos amigos tengo. Está bien, ya me tiro yo al agua. Aunque parece que está un poco fría, ¿no?

—Venga, no seas cobardica.

—No sé... A ver si me voy a resfriar.

—¡Gallina, gallina!

—Ya vale...

En ese momento, mientras Trolli dudaba sobre qué hacer, una ola muy alta chocó con el barco y lo inclinó hasta casi volcarlo.

—¡Que me caigoooo, melocotóooon! —soltó Trolli su típico grito de socorro.

—¡Hombre al agua! —gritó Mike—. ¡Hay que salvarlo!

—¿Pero dónde está?

Trolli había desaparecido... Ah, no. Solo estaba tragando agua bajo las olas:

—¡Ahí! Menos mal... ¿Está fría el agua, Trolli? —preguntó Mike.

—No, solo está mojada.

—Esta situación me recuerda un chiste que me contaron el otro día. A ver, ¿en qué se parecen un gato y un perro a un náufrago a punto de ahogarse?

—Ni idea —confesó Trolli—. ¿Te parece el momento ideal para contar chistecitos?

—¿En qué se parecen? —preguntó Mike, al que la posibilidad de reírse un poco casi le había quitado el mareo.

—Pues en que el gato dice «miao», el perro «gao», y el náufrago... «miau-gao».

Mike y Timba se echaron a reír a carcajadas, pero...

—Ahora que lo pienso... No lo pillo —observó Mike—. ¿Me lo puedes explicar, Timba?

—Claro. Verás, la cosa es...

—Eso para luego, cuando estemos a salvo —gruñó Trolli—. Antes de que empecemos todos a decir «miau-gao», voy a intentar llegar a la costa.

Trolli se alejó nadando con bastante buen estilo. Timba regresó a popa, a ver si podía arreglar el motor, cuando de pronto escuchó los ladridos enloquecidos de Mike. No necesitó preguntarle «¿Qué pasa?», porque era evidente: a medio camino entre la barca y Trolli se veía, amenazadora, la aleta de un tiburón. Y debajo de la aleta... ¡el tiburón entero! Los dos amigos se quedaron paralizados durante unos segundos hasta que, de improviso, el escualo varió su rumbo y se dirigió hacia Trolli. Este, concentrado en nadar, no se había dado cuenta de nada.

—¡Hay que hacer algo, rápido!

Timba se puso a buscar por la barca algo que le sirviera para defender a su amigo mientras Mike, sin pensárselo dos veces, se lanzó al agua ladrando tan alto como podía

para avisar a Trolli del peligro. Sin embargo, era un esfuerzo inútil, pues Trolli no podía escuchar nada que no fuera el ruido de un mar cada vez más agitado. Con la mirada fija en la costa, nadaba tan tranquilo sin darse cuenta de que con cada brazada atraía más y más al tiburón.

Mike, desesperado, nadaba tan rápido como podía, pero ya sabéis que ningún perro ha sido nunca campeón olímpico de natación. Estaba ya con la lengua fuera de cansancio y harto de tragar agua cuando una ola enorme le levantó y le llevó a toda pastilla al lado del tiburón. Sin reflexionar sobre las consecuencias, le pegó un mordisco en plena aleta al escualo que, como es lógico, dejó de perseguir a Trolli y se volvió furioso hacia un nuevo objetivo. La situación había cambiado, pero no era menos terrible: ahora la «merienda» era Mike. Timba, que había visto toda la jugada desde el barco, intentó usar la lógica redonda. De un costado, sujeta por una cuerda, colgaba un gancho de hierro bastante pesado que servía como ancla. Quizá si...

Timba agarró la cuerda y empezó a darle vueltas al ancla en el aire para ganar impulso. Cuando ya no podía más, la arrojó contra el tiburón con tan buena suerte que impactó en medio de la cabeza de la bestia, que resonó como una calabaza hueca. Acosado por los mordiscos de Mike y por el golpazo repentino, el animal decidió que el tentempié se le estaba volviendo indigesto, así que, sin más, se sumergió y se alejó de allí a toda prisa. Lo último que vieron de él fue un gran chichón que sobresalía incluso más que la aleta por encima del agua.

—¡Mike, agárrate a la cuerda con los dientes, te subiré a bordo!

Mike mordió con fuerza la soga y un segundo más tarde estaba de nuevo a salvo en cubierta. Se sacudió el agua, empapando a Timba, para luego comprobar ambos, con alivio, que Trolli había llegado a tierra... ¡sin enterarse de nada de lo que había ocurrido!

En la playa, Trolli gesticulaba y daba saltos como un loco. Timba y Mike pensaron que lo hacía de lo alegre que estaba, así que se pusieron a saludarle. No se habían dado cuenta de un nuevo peligro que tenían a sus espaldas y del que su amigo trataba de advertirles: otra ola, más inmensa que las anteriores, los alcanzó de improviso y levantó la barca por los aires. Timba cayó a un lado y Mike a otro mientras *La pluma negra* hacía honor a su nombre, porque el agua la llevaba casi volando, como si no pesara nada, directa contra los arrecifes.

—¡Nos vamos a hacer papilla! —exclamó Timba.

—¡Melocotóoooonnnnn! —gritó Trolli.

Por suerte, la ola llevaba tanto impulso que el barco pasó por encima de la primera línea de arrecifes y aterrizó directamente en la playa. Eso sí, lo hizo de forma tan violenta que Mike y Timba salieron despedidos y rodaron sobre la arena como dos sacos de pepinos. Al levantarse estaban completamente rebozados y parecían dos croquetas con patas. Pero dos croquetas ilesas.

—¡Vaya trompazo! —se quejó Mike.

—Por lo menos estamos enteros...

—Ya. Tenemos una suerte loca.

—¡Chicos! ¿Estáis bien? —preguntó Trolli, que se acercaba corriendo.

—Más o menos... ¿Y tú?

—Todo bien. Pero esto parece desierto. De hecho, creo que estamos atrapados. Esta playa no tiene salida. Además, es un sitio muy raro. ¿Os habéis fijado en las rocas?

Timba y Mike contemplaron el paisaje. Trolli tenía razón: la playa estaba separada del resto de la isla por un altísimo acantilado de piedra gris que la rodeaba. Y por todas partes, como si hubieran caído desde lo alto, había rocas que parecían cuerpos de gigantes caídos. Aunque estaban muy erosionadas por el mar y por el paso del tiempo, su aspecto era aterrador, sobre todo las que tenían forma de cabezas.

—Qué raro... Nunca había visto nada así.

—Es como si nos miraran. ¡Son más feos que mi prima la coja!

—Quizá sean restos de una vieja civilización.

—Bueno, ya resolveremos este misterio. Ahora hay que buscar ayuda.

—Podemos ir nadando hasta otra playa —propuso Trolli—. Ya habéis visto que no tengo rival como nadador.

—Casi mejor que nadie se meta en el agua otra vez —le advirtió Timba—. Te tenemos que contar una cosita que ha pasado mientras venías hacia aquí. ¿Verdad, Mike? ¿Mike? ¿Dónde estás?

Los dos amigos miraron alrededor, extrañados. Su compañero había desaparecido. Trolli se sintió inquieto cuando, de pronto, se escucharon unos ladridos tras una roca que parecía la cara de un guerrero gigante. Pensando que Mike estaba en apuros, corrieron hacia allí. No se esperaban lo que iban a encontrar.

Mike, agitando el rabo, olisqueaba la entrada de una cueva muy profunda. No parecía del todo natural, como si

hubiera sido excavada en la roca siglos atrás, quién sabe para qué.

—¡Creo que he encontrado el paso al interior de la isla —dijo Mike.

Tal vez fuera así, pero aquello asemejaba la boca de un monstruo que se los fuera a tragar. Atrapados en una tierra desconocida, con el barco averiado y el mar cada vez más revuelto, esa cueva tenebrosa podía ser el camino a la salvación... o no.

—Venga. ¿Quién entra primero?

Nadie se dio prisa en responder.

4.
EL PRINCIPIO
DEL FIN DEL MUNDO

Los Compas no podían saber que el oleaje que había estado a punto de hacerles naufragar procedía de debajo de sus pies... del inframundo. A ver, es que en ningún libro del cole te enseñan dónde está el Portal de obsidiana. Pero allí, sin importarle un bledo lo que digan los libros de texto, el Titán Oscuro había despertado de su larguísimo sueño. Las estrellas y los planetas se habían desplazado por el cielo a lo largo de miles de años. Y justo hoy —ya es casualidad— habían alcanzado la posición mágica que anunciaba la profecía de Kevin Willys.

En el inframundo había una gran agitación. El Titán Oscuro se removió, bostezó soltando un aliento pestilente y, a continuación, se levantó en toda su maligna gloria, lanzando un rugido espectral que hizo temblar la Tierra entera. En cuestión de un segundo, terremotos, volcanes en erupción, tsunamis, atascos de tráfico, chanclas de madres y otras catástrofes empezaron a asolar el planeta... Toda la maldad del mundo antiguo regresaba para reclamar el dominio del planeta. Y lo haría de la peor manera posible. Es lo que tiene el Mal (con mayúsculas, claro).

Los rasgos del Titán estaban aún poco definidos: su cuerpo parecía una niebla impenetrable en la que solo dos cosas eran evidentes al primer vistazo: su gran tamaño y... los ojos. Una mirada diabólica que emitía, al principio, una luz morada, pero que se volvía roja brillante cuando el monstruo se ponía de verdad de mal humor.

El lecho donde el Titán había pasado su sueño era una gigantesca losa de piedra negra, obsidiana volcánica como la del Portal. A su alrededor yacían, convertidos en piedra, sus esbirros. Pero ahora regresaban también a la vida. Y si los terremotos y los volcanes eran malos, la entrada de estas bestias en nuestras ciudades y campos iba a ser mil veces peor.

Allí estaban las brujas, de apariencia ridícula, pero malvadas y con poderes mágicos tenebrosos. Ellas dominaban al resto de bestias infernales y transmitían las órdenes del Titán Oscuro. Podían engañar a la humanidad cambiando de aspecto y eran tan inteligentes como perversas. Lo peor de todo eran sus poderes mágicos, contra los que la humanidad no tenía defensa alguna.

El Titán ya no contaba con su antiguo ejército de gigantes, que había sido exterminado por Kevin Willys. En su lugar, una horda de zombis y esqueletos comenzó a desplegarse por los desiertos que rodeaban el Portal de obsidiana. Sus órdenes eran claras: recorrer el mundo y destruirlo por completo. Estos secuaces no eran más inteligentes que un noob típico, pero eran tantos que resultaba difícil hacerles frente. Los esqueletos, armados principalmente con arcos, pero también con espadas y lanzas, eran combatientes muy hábiles, aunque tenían tendencia a romperse en trozos. En cuanto a los zombis, como estaban medio podridos, tam-

bién se despedazaban más de lo deseable, pero contaban con un poder terrible: convertir en nuevos zombis a sus víctimas, con lo que el ejército del Titán no paraba de crecer y crecer...

Había dos tipos más de bestias infernales al servicio del mal: los gases y las rayas voladoras. Los primeros tenían el aspecto de medusas, pero flotaban en el aire en lugar de en el agua gracias a sus largos tentáculos que despedían un olor incluso más inmundo que el aliento del Titán. Precisamente esta era su arma principal, que además les daba nombre: el gas letal. Para que os hagáis una idea, pensad en el gimnasio del colegio un día cualquiera, al final de las clases. Bueno, pues el gimnasio huele bien en comparación con los gases. En cuanto a las rayas voladoras, se llamaban así por su parecido a las manta-rayas que nadan en el mar. Sin embargo, estos demonios no eran tan elegantes como el simpático animal marino. Su cola despedía potentes descargas eléctricas que utilizaban para aturdir a sus víctimas, y su forma aerodinámica les permitía desplazarse a grandes velocidades.

Aunque el poder destructivo de todos esos seres era grande, el Titán tenía una misión muy concreta que encomendarles en primer lugar. Cuando se levantó por fin y contempló a sus esbirros formando ante él, el Titán les dio una orden:

—¡Partid a buscar el arma legendaria! —gritó, y su voz creo nuevos terremotos—. ¡Buscadla por los cuatro rincones del mundo y no oséis regresar aquí antes de encontrarla!

El Titán no había olvidado el poder del arma que lo derrotó tanto tiempo atrás. Kevin Willys la había escondido bien, pero el Titán sabía una cosa importante: la única ma-

nera de obtener el arma legendaria pasaba por descifrar las indicaciones de un viejo pergamino escondido en un lugar donde solo podría encontrarlo gente de buen corazón. Sin embargo, en cuanto alguien sacara dicho pergamino a la luz, el Titán podría percibirlo y enviar a sus servidores para que se hicieran con él.

Aunque se sentía poderoso después de dormir tantos años (desde luego cansado no podía estar), no deseaba que el arma cayera en manos de un nuevo héroe que lo derrotara otra vez. Le parecía poco probable, porque en nuestra época ya no existen los caballeros, aunque... ¿seguro que no? En todo caso el Titán Oscuro no quería correr riesgos: el mundo sería ahora su reino y en esta ocasión el arma de Kevin Willys estaría a su servicio.

Poco a poco las hordas fueron abandonando el inframundo a través del Portal mientras el Titán aguardaba noticias. Además, se acababa de levantar y, lo primero de todo, un buen desayuno, ¿no? En su caso, un tsunami que barrió todos los mares del mundo y que, pocas horas después, hacía encallar en una rara isla volcánica la barca de dos chicos y un perro que se habían perdido navegando cerca de un lugar llamado... Tropicubo.

5.
EL VIEJO
PERGAMINO

Al final fue Mike, el osado perro... Un momento, suena raro decir que un perro es como un oso, ¿no? Digamos mejor que el valiente perro fue el primero en entrar al pasadizo: su olfato serviría para buscar el paso al interior de la isla.

—No noto olor a salida —advirtió Mike—: aquí hace la tira que no ventilan.

—¿Y a qué huele una salida? —preguntó Timba.

—Como las nubes, más o menos.

A medida que avanzaban aquello se ponía cada vez más oscuro. Timba y el Trollino sacaron sus móviles para tener algo de luz y no darse un trompazo.

—Esta no parece una cueva natural. Hay muchas bifurcaciones, como en un laberinto. Y las paredes parecen talladas. ¿Mike, seguro que sabes a dónde vas? —preguntó Trolli.

—Sí, sí: adonde huele peor. Seguro que allí hay algo.

—Si tú lo dices.

Al cabo unos diez minutos Mike echó a correr de repente. Sus dos amigos lo siguieron muy contentos, pensando que por fin llegaba a algún sitio. A ver, que cuando te mueves hacia «algún sitio»... llegas siempre. Es que es de lógica.

Pero en este caso pensaban en «algún sitio interesante», un pueblecito para pedir ayuda... o una pizzería por lo menos.

No había ninguna salida. Mike los había conducido a una gran sala abovedada, también excavada en la roca. Había algo de luz, pero no daba buen rollo: provenía de un gran agujero circular, como un cráter, que se hundía en las profundidades de la Tierra y en cuyo fondo se veía fluir la lava del volcán. Su luz rojiza, cambiante, iluminaba el lugar dándole un aspecto siniestro.

Sin embargo, lo malo no era la luz. ¡Aquella sala estaba repleta de huesos! Huesos muy antiguos pero, al parecer, sabrosos, porque Mike se puso enseguida a mordisquear uno. No, aquel sitio no era una pizzería, pero para un perro podía valer.

—Mira que eres glotón, Mike.

—Ya que tienes tan buen olfato nos podías haber llevado a un sitio en el que, además de huesos, hubiera muslitos —bromeó Timba.

—Pues serían más bien muslazos —dijo Mike, sin parar de roer—, porque estos huesos son enormes.

—Vamos a investigar un poco —propuso Trolli.

—A lo mejor hay alguna salida por aqu... ¡¡¡Melocotóooon!!!

—¿Qué pasa, Timba?

—¡Que aquí hay un tío que me mira con un careto muy feo!

Trolli iluminó la pared hacia la que señalaba Timba. En efecto, había una cara muy fea... pero no era más que un dibujo de una especie de monstruo humanoide. Trolli recorrió las paredes de la sala con la luz del móvil: en todas partes había imágenes parecidas.

—Son pinturas... Una especie de batalla —dijo Trolli—. Hay más tipos feos de esos... y a todos se enfrenta un caballero guaperas con melenita rubia.

—Es como un cómic... —dijo Timba, más tranquilo—. Un manga antiguo.

—El caballero se los va cargando y al final hay una especie de fiesta.

—El último dibujo es distinto...

—Sí. Es el mismo caballero, pero ya viejo.

—Más bien muerto: lo están poniendo dentro de un sarcófago.

Al oír estas palabras, Mike dejó de comer huesos y se acercó corriendo.

—¡Chicos, lo mismo hemos hecho un descubrimiento importantísimo! A los faraones siempre los enterraban con tesoros.

—Este no era un faraón, Mike. Y esto solo son dibujitos. Quizá esta historia no pasó nunca.

—Y si pasó, cualquiera sabe dónde está el sarcófago —añadió Timba.

—Pues ahí mismo, zoquetes —dijo Mike—. Delante de vuestras narices. Como solo estáis mirando la parte de arriba...

Timba y Trolli apuntaron sus móviles hacia el suelo y vieron que Mike tenía razón: allí mismo estaba el sarcófago de piedra. Se acercaron despacio, con respeto. Lo cerraba una gran losa sobre la cual había un símbolo tallado, parecido a una W, pero con más cosas.

—¿Qué significará esto? —preguntó Timba.

—Bliblu —fue la respuesta de Trolli, que puso cara de pasmado.

Pasmados, o más bien *pasmaos*, se quedaron todos durante unos instantes, allí, delante del sarcófago, sin saber qué hacer.

—Bueno, ¿lo abrimos?

—Sí, sí —gritó Mike, entusiasmado, pensando en ricos tesoros.

Claro que una cosa es decir «Vamos a abrir el sarcófago de piedra que lleva diez mil años cerrado»... y otra hacerlo. Trolli y Timba se pusieron a empujar la losa, cada uno a su aire. Y así no había manera, por supuesto.

—Timba, vamos a darle los dos por el mismo lado, que estamos haciendo el tonto.

—Pues también es verdad...

Ahora sí. Poco a poco, la piedra empezó a deslizarse, dejando salir del interior del sarcófago un tufillo raro. Y luego...

—¡Cuidado!

Como empujada por un resorte surgió una serpiente venenosa dispuesta a morder a Trolli, que era el que estaba más cerca. Mike, que no perdía ojo, saltó como un rayo y agarró la serpiente por el cuello (es fácil, las serpientes son todo cuello). A continuación, la lanzó tan lejos como pudo.

—Trolli, te he salvado la vida. Soy todo un héroe...

Era cierto... más o menos. Porque pasado el susto, observaron que la serpiente era de pega y que, en efecto, era un resorte lo que la había impulsado. ¿Quién dijo que la gente antigua no tuviera sentido del humor?

—¡Qué gracioso! —gruñó Trolli—. Casi me da un infarto.

—Dímelo a mí —contestó Mike mordisqueando la serpiente disecada. Sabía un poco a rancio.

—Vamos a ver qué hay dentro —intervino Timba, terminando de correr la losa.

Los dos amigos se quedaron blancos del susto al ver el contenido. Mike, preocupado por las caras que ponían, se acercó a mirar... y no pudo evitar reírse.

—Vale, es verdad que da un poco de grima, chicos, pero ¿qué esperabais encontrar dentro de un sarcófago? —les preguntó, enseñando los dientes.

Allí, tan ricamente, estaba el cuerpo de un caballero con armadura. Un tío alto y anchote que incluso conservaba la melena rubia, pero aparte del peinado no tenía muy buen aspecto. Bajo la melena no quedaba más que un esqueleto.

—Este tío me ha recordado un chiste. ¿Os lo cuento? —preguntó Timba.

—No, no hace falt...

—Vale, pues allá va: ¿Por qué a los esqueletos no les gusta la lluvia?

—Ni idea —respondieron Trolli y Mike a la vez.

—Porque se calan hasta los huesos —fue la respuesta de Timba, que empezó a partirse de risa.

—No lo pillo —dijo Mike, que no obstante se echó a reír como si fuera la cosa más graciosa del mundo.

—Luego te lo explico. Mira: el rubito tiene algo entre las manos.

—Una bolsa de terciopelo. Y con el mismo símbolo de la lápida.

—Vamos a ver qué hay dentro.

Con cuidado, Timba apartó las telarañas y tomó la bolsa de entre las manos del viejo caballero. En su interior solo había un pergamino cubierto de polvo. Lo desenrolló y vieron que su arrugada superficie estaba repleta de dibujos, como un mapa, además de lo que parecía un texto. El alfabeto resultaba extraño porque había en él algo familiar pero a

la vez resultaba imposible leerlo. Los dibujos tampoco aclaraban mucho la cosa, salvo uno muy concreto que llamó la atención de Mike y le hizo volverse loco de alegría.

—¡No puede ser! —exclamó entre ladridos de felicidad—. ¡Somos ricos!

Y es que en la parte de arriba, destacada sobre el resto de dibujos, se veía la imagen cuidadosamente trazada de un gran diamante. Mike se puso a cantar su canción favorita a grito pelado:

—¡¡¡Dia-man-tiii-too, dia-man-tiii-toooooooo!!! ¡¡¡Tesoros y riquezas a mi alrededor!!!

Siguió vociferando durante unos segundos, hasta que de pronto escucharon un ruido siniestro sobre sus cabezas.

—¿Qué es eso que suena? —preguntó Timba.

Trolli apuntó la linterna del móvil hacia el techo.

—¡Ay, no!

Allí arriba, cientos o miles de murciélagos, que dormían colgados de sus patas, se habían despertado con el jaleo de Mike. Y al parecer habían decidido escarmentar a los molestos visitantes.

—¡Cuerpo a tierra!

En cuestión de segundos la bandada de murciélagos se lanzó sobre ellos con lo que parecían muy malas intenciones. Nuestros amigos temieron, por unos instantes, ser devorados por los feos volátiles pero, después de dar unas cuantas vueltas pegando chillidos, salieron volando por el pasadizo, como si alguien los llamara.

—¡Mike, la que has armado! ¡Aquí no hay ningún diamantito!

—¿Cómo que no? ¿Si está ahí dibujado?

—Eso no es más que un pergamino medio pocho. Lo que tenemos que hacer es largarnos de aquí antes de que vuelvan esos bichos y nos devoren.

—¡Pero hay que buscar el diamantito!

—¡Cada cosa a su tiempo, *perro ya*! Está claro que aquí no vamos a encontrar ayuda. Volvamos al barco, a ver si podemos arreglarlo.

—Vale, vale, vinagrito.

Los tres amigos emprendieron el camino de vuelta con Mike de nuevo en cabeza. La expedición en busca de ayuda había sido un fracaso, pero no se iban con las manos vacías. Timba, que marchaba el último, no dejaba de mirar el pergamino, fascinado por sus extraños dibujos y, sobre todo, por el texto incomprensible. ¿Qué significaría todo aquello? Apenas había comenzado a pensar en el asunto, cuando escuchó un nuevo ruido a sus espaldas. Se dio la vuelta y vio algo muy extraño.

—Chicos, creo que hay alguien... o algo... allí atrás.

—Anda ya, no intentes asustarnos.

—En serio. He visto una especie de medusa voladora que ha salido del agujero volcánico.

—Déjate de chorradas. Va a ser verdad que necesitas echarte una siesta.

¿Se lo habría imaginado? No tuvo tiempo de pensar en ello, pues justo en ese instante la tierra se puso a temblar. Primero unas sacudidas y, en segundos, un terremoto que sacudió la cueva como si estuviera hecha de goma. Los tres amigos rodaron por el suelo y a Timba se le cayó el pergamino de las manos. Justo entonces se abrió ante ellos una grieta llena de lava al rojo vivo que amenazaba con tragárselos.

Mike, viendo que el pergamino rodaba hacia allí, se lanzó a salvar «su mapa del tesoro» sin pensar en las consecuencias. No quería quedarse sin diamantito.

—¡Perro loco! ¡¿Qué haces?! —gritó Trolli.

La tierra no paraba de moverse, cada vez con más violencia. Mike agarró el pergamino con los dientes un segundo antes de que cayera a la lava. Un exitazo, salvo por un detalle: que el suelo había desaparecido bajo sus pies. Timba, en un salto desesperado, logró agarrar a su peludo amigo y lanzarlo lejos del peligro. Sin embargo, ahora era él quien estaba al borde del abismo. Y habría caído de no ser por dos cosas. Una, que el temblor de tierra paró de golpe. Y la otra, que Timba lo sujetó por las orejas justo antes de que se precipitara al vacío.

—¡Por qué poco!

—Vámonos de una vez.

Sin parar de correr detrás de Mike, al cabo de unos minutos llegaban de nuevo a la playa. Allí, la verdad, el panorama no era muy alentador. El cielo se había vuelto de color gris plomo y el olor a azufre en el aire parecía el aviso de una erupción volcánica.

—No sé qué vamos a hacer —se lamentó Timba—. ¡Estamos perdidos! Solo me queda hacer una cosa: voy a llamar a mi prima la coja para despedirme antes de morir...

—Perdidos no... ¡Lo que estamos es *idiotos*!

—Oye, un respeto a los mayores, Trolli.

—¿Pero no os dais cuenta?

—No me entero —intervino Mike.

—¡Que podíamos haber llamado hace una hora al servicio de rescate marítimo! ¡Que tenemos teléfonos móviles!

—¿Oiga? ¿Servicio de rescate? —preguntó Trolli, después de varios intentos de llamada.

—¿*Digamez*? —contestó una voz al otro lado del teléfono.

—¡Que si es el servicio de rescate!

—*Zí, zí, zoy* yo.

—Necesitamos que nos rescaten.

—Aaah, vale. ¿Entonces qué *quereiz*?

—A ver, buen hombre...

—Le habla Ambrozzio, *Zervicio de Rezcate Marinoz*.

—Ya, ya... Verá, nuestro barco ha embarrancado en una isla que...

—*Ez* que mi madre no me deja *hablarz* con *dezconocidoz*.

—¿Y entonces, por qué contesta al teléfono? —preguntó Trolli, sorprendido.

—¡*Ez verdaz*! *Ze* lo tengo que preguntar a mi *madrez*. ¿Qué quería *uzted*?

—¡Que nos rescaten!

—Ahhh, *zí*, vale, vale. ¿Y dónde *eztaiz*?

—Por fin... Mire estamos en una isla que...

—No *ze* preocupe: ya tengo *laz coordenadaz* por geolocalización *ezpacial*. En un *momentitoz lez* llevo *laz pizzaz*.

—¡Pero qué pizzas! ¡Que le he pedido un rescate! —gruñó Trolli.

—Aaah, buenoooo... Valee, pu*es lez* llamo un *barquitoz*.

—¡Madre mía, qué desesperación! —dijo Trolli, colgando—. ¡Menudo noob!

Aunque Ambrozzio dijo «ya», aún tuvieron que esperar dos horas en la playa. Y no era uno de esos días ideales para tomar el sol, precisamente. Pero al fin apareció un remolcador procedente de Tropicubo. Al timón iba un chico joven, de aspecto simpático, con cara de conejo. Y a su lado estaba Rius, que saludó a los Compas nada más verlos.

—¡Os dije que tuvierais cuidado, muchachos! —gritó el marino, mientras bajaba a tierra.

—Qué alegría verle, Rius —dijo Trolli, realmente aliviado.

—Os presento a mi amigo y ayudante Raptor. Pero ya os daréis luego un abrazo. El mar está muy picado y la cosa va a peor. Lleva todo el día así, nunca había visto nada parecido en esta época del año. Ayudadnos a enganchar *La pluma negra* y salgamos de aquí cuanto antes.

—De acuerdo, Rius.

—Y despertad a ese dormilón —dijo el marino, señalado a Timba, que roncaba como un bendito sobre la arena.

En unos minutos ataron *La pluma negra* a la grúa del remolcador y, con cuidado, volvieron a poner el barco en el agua. Sin perder más tiempo, emprendieron el regreso a Tropicubo. Tanto Raptor como Rius parecían nerviosos por el estado del mar. Y no solo por eso.

—No había visto esta isla en mi vida —dijo Raptor—. ¿Y usted, Rius?

—No, muchacho. Y no figura en las cartas marinas.

—Quizá haya aparecido de pronto: todo el terreno es volcánico —observó Timba, con su lógica redonda.

—Puede ser... —murmuró, no muy convencido, el lobo de mar.

—¡Tal vez sea la isla de la leyenda! —dijo de pronto Raptor, con cara de entusiasmo.

Rius hizo un gesto despectivo:

—¡Bah, habladurías de marinos!

—¿Qué leyenda, qué leyenda? —preguntó Mike, con entusiasmo.

—Nada, tonterías —le quitó importancia Rius—. Bobadas de islas perdidas

—¡Y de luchas entre caballeros y titanes! —exclamó Raptor—. Una pasada.

—¿Gigantes? —preguntó Trolli, recordando las extrañas rocas de la playa y los huesos enormes del pasadizo.

—Titanes —corrigió Raptor—. Una malvada raza de tiempos muy antiguos que fue aniquilada por el caballero Kevin Willys.

—Gracias —dijo Timba.

—Gracias... ¿por qué? —preguntó Raptor, extrañado.

—Bueno, por eso de que qué bien huelo.

—He dicho «Kevin Willys», no «qué bien hueles».

Todos (menos Trolli, claro) rieron la confusión. Luego, por supuesto, Mike pidió que le explicaran el chiste. En lugar de eso, Raptor, siempre con las manos en el timón para sortear las altas olas, se puso a contar a los Compas la vieja leyenda del caballero y los titanes... Era tan interesante que incluso Timba permaneció despierto, escuchándola, aunque el más atento era Mike, que no pudo reprimir una pregunta:

—¿Habla la leyenda de algún tesoro?

—Bueno, no exactamente —empezó a decir Raptor—, aunque...

—¡Lo sabía, lo sabía! —Mike se puso a dar saltos por toda la cubierta—. ¡Os dije que había un tesoro en esa isla!

—Mike, mejor no hables tanto... —dijo Trolli, pero no había manera de parar a su amigo:

—¡Timba, enséñales el pergamino! —ladró Mike.

—¿Qué pergamino? —preguntaron a la vez Rius y Raptor, mirándose extrañados.

—Este —fue la respuesta de Timba, mientras sacaba el viejo documento de la bolsa de terciopelo rojo.

—¡El emblema de Kevin Willys!

—Gracias —volvió a decir Timba. Esta vez solo se rio Mike.

—¿De verdad lo habéis encontrado en esa isla? —preguntó Raptor.

Mike describió a los dos marinos todo lo que les había pasado en las últimas horas:

—Hemos encontrado muchas cosas en la isla, no solo el pergamino, sino los restos petrificados de los titanes...

—Bueno, bueno, rocas raras, eso es todo —interrumpió Trolli, tratando de quitar importancia al tema.

—...pinturas muy viejas que describían las batallas de la leyenda —continuó Mike, sin hacer caso—. Y lo más importante de todo:

—¿Qué? —preguntaron al mismo tiempo, con los ojos muy abiertos, Rius y Raptor.

—¡El cuerpo del propio caballero! —dijo Mike, cada vez más entusiasmado. Casi podía oler los diamantitos.

—No le hagáis caso: no es más que un perro soñador sin solución y que no sabe lo que dice —intervino Trolli. Seguía desconfiando de Rius.

—Sí... Supongo... —dijo el lobo de mar, cambiando de tema bruscamente—. En fin, muchachos, habéis estado sometidos a mucha presión y tal vez habéis imaginado cosas.

—Hombre, imaginar... —respondió Timba, algo ofendido—. A fin de cuentas tenemos el pergamino, ¿no?

—Sí, eso es verdad —admitió Rius—. Y como colecciono cosas para crear un museo de antigüedades locales, me gustaría comprároslo. ¿Qué tal diez cubodólares?

—Es poco —regateó Timba.

—¿Y cincuenta?

Timba miró a Trolli. Este negó con la cabeza. Mike fue más claro:

—¡No está en venta, grrrr!

—Rius, es que...

—Está bien, os ofrezco cien cubodólares. Es una pasta. Y también mi última oferta.

Al llegar a ese nivel, hasta Trolli se lo pensó:

—Si nos disculpa un momento... Tenemos que hablarlo los tres.

Los Compas se alejaron un poco, hacia la parte delantera (¡proa!) del remolcador, para hablar sin ser oídos. Mike fue el primero:

—¿Estáis tontos? ¿Vais a vender el plano del tesoro?

—Es que es una pasta...

—Pues claro... Y esa es la mejor prueba de que el pergamino nos va a hacer ricos. ¡Diamantito, diamanti-toooooo!

—Puede ser —concluyó Timba.

—No le demos más vueltas... de momento —zanjó Trolli la cuestión—. ¡Rius, lo siento, pero no vendemos!

—Ya, ya. Si se os oía todo, chicos. Es que no os alejáis lo suficiente. En fin, de todas formas era mucho dinero por un pergamino arrugado.

El resto del trayecto hablaron de otras cosas, sobre todo del tiempo.

—Creo que habéis tenido suerte, amigos —dijo Raptor—. Rius, y todos en Tropicubo, estábamos preocupados por vosotros.

—Bueno, seguro que no es tan raro que haya que ir a rescatar a unos turistas —le respondió Timba mientras buscaba un sitio para echarse una cabezada.

—¿Es que no habéis oído las noticias?

—¿Qué noticias? —preguntaron los Compas.

—Lleva todo el día habiendo terremotos, erupciones volcánicas y tsunamis por medio planeta. Incluso aquí, en Tropicubo, ha habido problemas.

Era cierto. Pocos minutos más tarde aparecía frente a ellos la costa de Tropicubo y se podían ver las señales de la catástrofe: casas dañadas, barcos volcados en el puerto, restos de naufragios en la playa, sombrillas en lo alto de los árboles, discos de reggaetón clavados en la arena...

—¡Qué desastre!

—En fin... Lo importante es que estamos aquí... Porque hemos venido, ¿no? Si no, no estaríamos —dijo Timba, que se había puesto nervioso de repente al entender el peligro por el que habían pasado.

—Lo que quiere decir es «Gracias por venir a rescatarnos» —intervino Mike.

Unos minutos más tarde el remolcador entraba en el dañado puerto de Tropicubo. Nuestros amigos estaban de nuevo a salvo en tierra firme. A salvo... por ahora.

Si hubieran mirado atrás un instante tal vez habrían podido ver, medio ocultos entre las nubes grises, un grupo de extraños seres voladores surgiendo del mar, procedentes del punto donde había aparecido la isla misteriosa. Bestias que seguían una dirección clara: Tropicubo. Pero nadie miró hacia allí.

Había sido un día largo y lleno de peligros. Una vez en el hotel, la noche invitaba a un buen descanso a los agotados Compas. Timba no tuvo problema: según llegó, se quedó frito. Sin embargo, ni Mike ni Trolli podían pegar ojo. Aunque cada uno por una razón.

—¡Trolli, Trolli! —ladró Mike—. ¡Vamos, no te duermas! Hay que descifrar el plano del tesoro.

—Déjame... Estaba soñando con café y galletitas.

—Como no me ayudes, me paso la noche cantando «Diamantito».

—Vale, vale, voy, pesado.

Extendieron el pergamino sobre una mesita, al lado de la ventana. Como tenía tendencia a enrollarse solo, lo sujetaron con un florero y un espejito que formaban parte de la decoración.

—A ver qué tenemos —bostezó Trolli, que habría preferido dejar la tarea para el día siguiente.

El pergamino se dividía en tres partes. En la de arriba había una serie de dibujos. La mayoría no tenían ni pies ni cabeza, salvo el primero, que representaba con toda claridad el perfil de un volcán, un laberinto de rayitas, una

calavera, un árbol enorme, un loro gris, una cruz... y el diamante.

—El volcán tiene que ser la isla misteriosa —indicó Trolli—. Y las líneas...

—Tal vez el laberinto en el que nos metimos.

—Tiene sentido, Mike. Y la calavera... Puede que sea el caballero, ese Kevin Willys...

—Muchs... gracss... —murmuró Timba, entre sueños.

—...pero el resto no tiene sentido —continuó Trolli, sin hacer caso a su durmiente amigo.

—Dímelo a mí, que ni siquiera sé leer. Pero está todo claro, Trolli: hay que volver a la isla y buscar un árbol con un loro en una rama...

—¿Cómo va a estar el loro ahí al cabo de los siglos?

—Estará disecado, yo qué sé. Y luego hay que encontrar la cruz que señala el lugar donde está enterrado el diamantito. En todas las historias de piratas es así: el tesoro está bajo una cruz.

—No sé... Esto, como mapa, no vale un duro. Lo interesante sería leer el texto.

Esa era la segunda parte del pergamino, que ocupaba el centro: un texto escrito en un alfabeto incomprensible. Aparte de esto, en la parte baja del papel no había nada, salvo una manchita rojiza irregular que, concluyeron, debía de ser de ketchup antiguo. Durante un rato los dos amigos se dedicaron a mirarlo de arriba a abajo sin entender ni una palabra. Seguía teniendo ese extraño aspecto familiar y a la vez lejano. Como cuando buscamos una palabra y no nos sale, pero sentimos que está ahí, casi al lado.

—¡Esto no hay quien lo entienda! —gruñó Trolli—. Aunque... Espera. Tengo una idea.

Cogió su teléfono móvil e hizo una foto del texto. A continuación la introdujo en una aplicación traductora.

—¡Esto nunca falla! —dijo satisfecho, mientras en la pantalla del móvil un relojito de arena daba vueltas... y vueltas... y vueltas—. Parece que tarda un poco.

Al cabo de unos minutos la máquina se dio por vencida:

—«¿No match found»? ¿Y eso qué quiere decir?

—Que no existe. Es lo que me sale a mí cuando busco «diamantito gratis» en Internet.

—Pues es la primera vez que me pasa.

—¿Habías usado antes esta aplicación?

—Con las instrucciones de la cámara, que estaban en inglés. Y salió una traducción un poco marciana, pero... ¡ya has visto qué buenas fotos hago!

—Ya... Menuda maravilla —dijo, con ironía, Mike—. Vamos a hacer otra cosa: busca en Internet «antiguos alfabetos de Tropicubo».

Las búsquedas en la red suelen ser rápidas y fantásticas, y eso llena de alegría a todo el mundo. Pero cuando se trata de buscar algo raro, pero raro, raro, la cosa cambia. Durante más de una hora Trolli y Mike rastrearon algo que se pareciera, aunque fuera un pelín, a lo que había escrito en el pergamino. Pero nada. Aprendieron, sí, un montón de cosas sobre islas, piratas, barcos y viejos idiomas que ya nadie habla... Pero el secreto del pergamino seguía siendo tan... tan... Pues eso: secreto.

—¡Esto es un rollo! No hay manera, es como si lo hubiera escrito en chino un sueco que estudiara coreano.

—No, está claro que no vamos bien, vinagrito.

—Si mi amada esposa estuviera aquí... ¡¡¡Aaaaayyyy, Robertaaaaa!!!

—¡Ya estamos! ¡Que no me dejáis *esforzarme*! —se quejó Timba, quitándose las legañas.

—¡Hombre, el que faltaba! —replicó Trolli—. Ven para acá, Bella Durmiente. Te toca descifrar el misterio misterioso del pergamino.

—¡Pan comido! —contestó, levantándose de la cama. Al hacerlo, casi se da un cabezazo con una estantería. ¿A quién se le ocurre poner baldas justo encima del cabecero?

—Genial. Entonces yo me voy a dormir —dijo Mike, que a pesar de su entusiasmo, empezaba a sentirse cansado.

—De eso nada, amigo: tú te quedas —amenazó Trollino—. Como intentes huir, te pego un baño ahora mismo.

—No, eso no... Pero, ¿falta mucho?

—No discutáis, colegas. Yo me encargo de todo —aseguró Timba, que se sentó y comenzó a estudiar el pergamino con mucho detenimiento...

Trascurridos cinco segundos, se puso a bostezar.

—Qué difícil es esto...

Mike y Trolli no le respondieron: ahora estaban discutiendo sobre comida. Timba, como se aburría haciendo de traductor, se puso a mirarse en el espejito, poniendo caras raras.

—Qué guapo soy, si es que el que nace bonito... Anda... ¿y esto?

Con los ojos fijos en el espejo, Timba empezó a ladear la cabeza y a pronunciar en voz alta unas frases un poco raras:

—«De lejanas tierras llegarán para encontrar el diamante sagrado que duerme en la gran cruz».

Al escuchar la palabra «diamante» Trolli y Mike dejaron de discutir y se volvieron al mismo tiempo hacia su amigo.

—¿Qué dices de diamantitos? —preguntó Mike.

—Lo estoy leyendo aquí...

—¡Venga ya! —dijo Trolli, acercándose incrédulo.

—Mira... Solo tienes que mirar en el espejo...

—A ver...

Trolli inclinó la cabeza y vio, reflejado, el mismo texto que acababa de leer su amigo. Al escuchar de nuevo la palabra «diamante» Mike no pudo evitar volverse medio loco de alegría:

—¡Dia-man-tiii-too, dia-man-tiii-toooo... Tesoros y riquezas a mi alrededor! ¡Os dije que era el mapa de un tesoro!

—Esto es alucinante. Entonces... ¿solo estaba escrito al revés? —se sorprendió Mike.

—¡Y todo gracias a mi lógica redonda!

—Anda ya, si lo has descubierto por casualidad.

—Espera, que hay más texto —dijo Timba, cambiando de tema: «De lejanas tierras llegarán para encontrar el diamante sagrado que duerme en la gran cruz de las tinieblas. La calavera dorada de la galería secreta te señalará el camino de obsidiana. Siempre que no lo abandones ni busques atajos llegarás al árbol de la sabiduría, en cuyas entrañas se guarda el secreto que otorga el poder de la gran cruz».

—¡Somos ricos! —gritó Mike—. ¡Diamantitoooossss! ¡Hemos descubierto el secreto del tesoro!

—¡Bravo! —respondió, con mucha satisfacción, Timba.

—Esperad, cenutrios... ¿No os dais cuenta de que aquí hay algunas cosas raras?

—¿Qué cosas? —preguntaron Mike y Timba a la vez.

—A ver, lo primero de todo: «gran cruz de las tinieblas», «camino de obsidiana», «árbol de la sabiduría»... ¿Qué diablos significa todo esto?

Mike y Timba se quedaron pensativos durante unos segundos.

—Estoy casi seguro de que «árbol» es una planta —observó Mike.

—Como diría Trolli... Bliblu...

—¿Lo veis? Esto no tiene ni pies ni cabeza. Además, si os fijáis toda la parte de abajo del pergamino está en blanco. ¿No es un poco raro?

—Calcularían mal el espacio... La gente antigua no tenía impresoras, ni medidores láser ni este tipo de cosas, ¿no? —sugirió Mike.

—No, Mike. Creo que la explicación está clara. Esto es una especie de timo. Y creo que tiene algo que ver con Rius y Raptor.

—Qué mal pensado eres.

—¿Ah, sí? —continuó Trolli con sus deducciones—. ¿No os habéis dado cuenta de lo más extraño de todo?

—No.

—Pero seguro que nos lo vas a decir.

—Claro que sí. A ver, lumbreras... Si este texto es tan antiguo... ¿por qué está escrito en nuestro idioma?

8.
ASALTO NOCTURNO

*T*ener un mapa del tesoro es solo el primer paso. Hacen falta más cosas. Por ejemplo, un barco para regresar a la isla misteriosa. O estar convencido de que lo que tienes es de verdad un mapa del tesoro. O que te apetece volver a darte un paseíto por una isla volcánica perdida en medio de un mar lleno de tsunamis. Chorraditas de nada.

Los Compas no habían llegado ni de lejos a semejante acuerdo cuando al fin se acostaron para descansar. A la mañana siguiente podrían hablar con la mente más clara y decidir si alquilaban de nuevo *La pluma negra* o pasaban del asunto para disfrutar de las vacaciones. Lo que pasa es que cuando el fin del mundo está ya en marcha, lo de descansar se vuelve complicado. A juzgar por los ronquidos de Timba no llevarían ni media hora durmiendo cuando un ruidito alertó a Trolli. Al principio no le dio importancia: «Tal vez lo he soñado», pensó. Pero de pronto volvió a escucharlo. Y esta vez Mike también se despertó:

—Huele a conejo al ajillo —dijo, relamiéndose.

—No es la cena, Mike, te lo prometo —le contestó Trolli, encendiendo la luz.

En medio de la habitación había alguien. Una figura cubierta con capa y capucha negras que acababa de coger el pergamino de encima de la mesa. Sorprendido en su robo, el encapuchado salió corriendo por la ventana, que estaba entreabierta, y se lanzó al exterior.

—¡Melocotón, que nos roban! ¡Vaya tortazo se va a dar el ladrón!

—Trolli, que estamos en la planta baja.

—Ah, es verdad... ¡Pero vamos tras él!

Trolli y Mike, el uno en pijama (uno de ositos, muy mono, regalo del hotel) y el otro con su vestido natural de perro, saltaron también por la ventana persiguiendo al ladrón encapuchado.

—¡Ya estamos! —gruñó Timba—. ¿Pero esto no era un paraíso tropical donde la buena gente como yo puede descansar?

—¡Corre, marmota! ¡Que nos roban el pergamino!

Para cuando Timba se levantó, sus dos amigos le habían tomado bastante ventaja. No los alcanzó hasta llegar a una esquina a unos doscientos metros del hotel.

—¡Pero no corráis tanto!

—¿Dónde se ha metido ese chorizo? —preguntó Trolli.

Resultaba difícil seguir al encapuchado en medio de la oscuridad. Las calles de Tropicubo tenían poca iluminación y aquella noche nubes muy espesas tapaban la luna. Por suerte, los Compas contaban con Mike.

—Es escurridizo nuestro ladrón —dijo—, pero no puede escapar a mi olfato.

Siguiendo el rastro fueron pasando de una callejuela a otra, adentrándose cada vez más en la parte vieja de Tropicubo. Allí las casas eran de una planta, muy antiguas, y se

extendían hacia lo alto de las colinas. Mike siguió el rastro hasta llegar a la muralla del castillo. Desde allí se contemplaba una preciosa vista de la ciudad dormida.

Sin hacer ruido, Mike señaló hacia la esquina interior de una torre. Timba y Trolli forzaron la vista, pero no distinguían nada. Sin embargo, la insistencia de Mike lo decía bien claro: el ladrón estaba ahí.

—Bueno... —dijo Trolli en voz muy baja—. ¿Quién va primero?

—Pues... —le respondió Timba, más bajo todavía—. La lógica redonda lo dice bien claro: te toca a ti.

—¿Serás gallina? Anda, vamos los dos a la vez.

Cada uno por un lado de la torre se fueron acercando al rincón oscuro. Aún no se veía nada, pero de pronto las nubes se abrieron y la luna iluminó la escena. Allí estaba, el tipo de la capa negra, con el pergamino entre las manos, tratando de ocultarse.

—¡Te pillamos, ladrón! —dijo Trolli.

A pesar de la capa, el ladrón se movía con mucha agilidad. Esquivó el primer ataque de Trolli, pero no pudo evitar a Timba, que le cortaba el paso por el otro lado.

—¡Devuélvenos el pergamino, chorizo, o te dejo como a mi prima la coja!

El ladrón estaba atrapado.

—Jo, qué fácil ha sido —se quejó Timba—. Esperaba algo más de violencia.

—¡Maldito! —gritó Mike—. ¿Querías robarnos nuestro tesoro, eh?

El encapuchado iba a decir algo, pero no tuvo tiempo. De pronto empezaron todos a notar un olor inmundo, bastante asquerosete, que no vamos a describir aquí porque sería una guarrada.

—¡Puaf, qué tufo! —dijo Timba—. ¿Quién ha sido?

—Bliblu —contestó Trolli—. Quiero decir... Yo no.

—A mí no me miréis —gruñó Mike.

Además del olorcillo, enseguida percibieron un ruido raro, como un burbujeo.

—¿Quién es el guarro que...?

—¡Mirad, ahí! —gritó de pronto Timba, apuntando hacia el cielo.

Desde las nubes rotas bajaba una escuadrilla de seres indescriptibles. A ver, del todo indescriptibles no, porque los vamos a describir. Raros, eran raros: cuatro enormes medusas (¿fuera del agua y volando?) a cuyo frente iba una manta-raya también voladora. Los cinco despedían una luminosidad entre morada y violeta. Y cuanto más cerca estaban, su aspecto era peor, más horroroso.

—¡Corred! —gritó Trolli.

No tuvieron tiempo de huir: en unos segundos las bestias infernales los habían rodeado. Mike enseñó los dientes, gruñendo, mientras Timba y Trolli se enfrentaban a aquellos seres poniéndose espalda contra espalda, como habían visto hacer en muchas pelis.

—¿Y ahora qué? —preguntó Timba.

—No lo sé... Vamos a ver qué hacen estos bichos —fue la respuesta.

Lo que hicieron fue... pasar de ellos. Su objetivo estaba claro: el encapuchado.

—Pasan de nosotros —observó Trolli, extrañado.

—No, no es eso: lo que quieren es... ¡nuestro mapa del tesoro!

Así era. El tipo de la capucha, al darse cuenta, lanzó el pergamino a Timba, que era el que tenía más cerca. Y, en efecto, los seres maléficos se volvieron hacia él de inmediato.

—¡Pero no me paséis a mí el marrón! —exclamó Timba, lanzando a su vez el pergamino a Mike, que lo agarró en el aire.

—¡Zhiamanzhitooo! —dijo, con la boca llena.

Las medusas fueron entonces a por Mike... que le pasó el pergamino a Trolli...

—Así no hacemos nada —dijo Trolli—. Vamos a acabar mareados.

La raya voladora debió de pensar lo mismo porque, cansada de ir de un lado para otro, decidió atacar lanzándole un rayo eléctrico a Trolli. No le alcanzó por los pelos.

—Esto se pone feo. ¿Alguien tiene alguna idea?

Mike iba a decir algo, pero uno de los gases le lanzó una bocanada de gas pestífero.

—¡Me muero! —ladró, mientras se ponía de color verdoso.

Trolli, aún con el pergamino en la mano, intentaba evitar los ataques de la raya. Timba, a la desesperada, agarró una de las medusas por los tentáculos, le dio unas vueltas en el aire y la lanzó contra la bestia eléctrica. Acertó el blanco, pero los malolientes seres eran demasiado blandos. Y encima...

—¡Puaf! ¡Qué tufo se me ha quedado en las manos!

Trolli, mientras tanto, volvió a pasarle el pergamino a Mike.

—¡Corre, Mike! Aléjate de aquí todo lo que puedas. ¡No mires atrás!

El valeroso perro lo intentó, pero los gases eran más rápidos y le cerraron el camino. Trolli probó entonces otro plan: cogió un palo que había en el suelo y le metió un estacazo a la raya. Debió de molestarle, porque esta le respondió con una nueva descarga que casi lo fríe. Mientras tanto, el encapuchado imitó el ejemplo de Trolli y pasó también al ataque. No obstante, la pelea era muy desigual. En pocos segundos Mike, Trolli y el tipo de negro estaban de nuevo acorralados.

Timba, que había quedado un poco al margen, tuvo la sensación de que estaba todo perdido. Pero todo, todo, no... Quizá esos seres horribles les quitarían el pergamino. Quizá incluso los mataran un poco. Pero al menos quedaría un testimonio del valor que derrocharon enfrentándose a esos seres maléficos. ¿Qué hizo? Pues sacar su móvil para grabar un vídeo: los suscriptores de su canal los recordarían siempre como a héroes. Entonces pasó algo inesperado.

Al encender la cámara, como estaba todo muy oscuro, se disparó automáticamente la luz del flash. Las cinco alimañas quedaron paralizadas de golpe. Acostumbradas a la oscuridad del inframundo, el potente foco luminoso prácticamente les quemaba la piel. Sobre todo a los gases, seres casi transparentes, que salieron huyendo. Solo la raya, aunque visiblemente deslumbrada, hizo un último intento de llevarse el pergamino. Pero Trolli, aprovechando la confusión, la agarró por la cola electrificada y, girándola, la puso en contacto con la espalda del ser infernal. La raya, sorprendida, reaccionó de la única manera que sabía: lanzando una descarga eléctrica que la dejó medio frita. Tras caer al suelo haciendo un ruido tipo «chof», se levantó de nuevo y salió huyendo en la misma dirección que los gases.

—Por qué poco... —dijo Trolli.

—Menos mal que mi lógica redonda... Bueno, quizá hemos tenido un poco de suerte —añadió Timba.

Solo faltaba saber una cosa: la identidad del ladrón misterioso. Trolli se acercó a él y le quitó la capucha. Al verle el rostro, todos quedaron sorprendidos.

—¡No puede ser! —dijo Mike.

—Me suena su cara... como me suena la mía —aseguró Timba.

Era Raptor.

—¡Ya me parecía a mí que conocía su olor! —exclamó Mike.

—Tío, vas a tener que darnos muchas explicaciones.

—Veréis, es que... —empezó a hablar—. Ha sido cosa de Rius. Quiere vuestro pergamino a toda costa.

—¡Lo sabía! —ladró Mike—. Quiere nuestro tesoro.

—Algo de eso hay —continuó Raptor—. Rius es descendiente de Juan Espárrago, un pirata que recorrió estos mares en el siglo XVII. Se dice que reunió muchas riquezas, pero nunca se han encontrado. Y mucha gente las ha buscado durante siglos. El caso es que Rius, al ver vuestro pergamino, pensó que podía ser la clave del misterio.

—¡Os lo dije! ¡Dia-man-ti-toooo!

—Por eso Rius decidió arrebataroslo —continuó Raptor.

—Vale —intervino Trolli—, pero eso no explica todo. ¿Qué diablos eran esas cosas que nos han atacado?

—Pues... No lo sé —contestó Raptor—. Salvo que... la leyenda sea cierta.

—¿La de los titanes y Kevin Willys? —preguntó Timba.

—Eso es solo una parte. El caballero, antes de morir, profetizó que el Titán regresaría al cabo de miles de años.

Y que lo haría acompañado de catástrofes y bestias procedentes del inframundo. También se hablaba de una isla volcánica que aparece de la nada... En fin, aquí siempre hemos pensado que no eran más que cuentos de viejos marineros, incluso un invento de Juan Espárrago para mantener a la gente lejos de su tesoro. Pero ahora... No sé qué creer.

—No nos pongamos tremendos —dijo Trolli, intranquilo—. Esto está muy oscuro y esos bichos que nos han atacado podrían ser simples murciélagos gigantes. En el trópico hay muchos bichos raros...

—¿Murciélagos que huelan tan mal y que lancen descargas eléctricas?

—Por eso son raros, ¿no? —intervino Mike.

—Hay otra cosa que no nos has explicado. ¿Por qué has ayudado a Rius a robarnos el pergamino? —preguntó Timba.

—No lo he hecho por él. Ni tampoco por mí: yo también quiero encontrar el tesoro de Juan Espárrago si es que existe. Pero es para ayudar a mis paisanos a recuperarse de los daños del tsunami y los terremotos.

Los Compas, que hasta ese momento habían pensado que Raptor era un simple ladronzuelo, se quedaron sin saber qué decir. Se separaron un poco del muchacho con cara de conejo y hablaron entre ellos.

—¿Qué opináis, chicos? —preguntó Trolli.

—Quizá deberíamos volver a casa —fue la respuesta de Timba—. Si hay titanes y demonios por el medio, lo mismo este lugar acaba siendo nuestra tumba.

—¡De eso nada! —gruñó Mike—. ¡Hay que ir a por el diamantito!

—Yo también creo que no podemos rendirnos... ¿Demonios, titanes? ¡Paparruchas! Ganamos dos a uno, Timba:

mañana volveremos a la isla y buscaremos el diamantito o lo que sea.

—Necesitaremos un barco —observó Timba, siempre con su lógica redondísima.

—Yo os puedo prestar el mío —dijo Raptor—. Perdonad que os haya escuchado, pero es que siempre os ponéis a hablar en secreto a medio metro de distancia.

—Ya, ya... Tenemos que mejorar eso —aceptó Trolli—. Está bien, mañana iremos a la isla en tu remolcador. Y tú le contarás un cuento a Rius. Dile que...

—...que lo hemos tirado por el desagüe —concluyó Timba—. Como seguramente piensa que somos unos paletos de ciudad, no le parecerá raro.

—Pero os ofreció una pasta —intervino Raptor—. Sí que le va a parecer raro.

—Yo me sacrificaré —zanjó la cuestión Mike—. Dile que yo me he comido *tu tarea*. Eso no le sonará a cuento.

Con esto, Raptor y los Compas regresaron a la parte baja de la ciudad, uno a su casa y los otros al hotel. Había sido una noche muy larga y ya era hora de descansar un poco. No demasiado, porque a primera hora de la mañana los esperaba una aventura en alta mar.

—¿Que se lo comió el perro? ¿Tú te crees que soy tonto?

La pregunta de Rius era retórica. Tomando unas viejas pistolas de su antepasado el pirata, apuntó a Raptor y le dijo.

—Prepárate, porque te vienes conmigo.

—¿Adónde? —preguntó el muchacho.

—A seguir a esos ladrones en *La pluma negra*. Ya sé que han cogido tu barco para volver a la isla. No dejaré que se queden con el tesoro de mi antepasado.

Los Compas, en ese momento, se encontraban ya a cierta distancia de Tropicubo, navegando a bordo del remolcador en medio de una niebla muy espesa. El oleaje era, de momento, tranquilo, pero las cosas podían ir a peor en cualquier momento.

—¿Vamos bien? —preguntó Mike, situado a proa, intentando distinguir posibles arrecifes delante del barco.

—Estamos siguiendo la misma ruta del otro día —contestó Trolli, al timón—. Pero cualquiera sabe, con esta niebla.

—Hay unos zumbidos a popa que también se oían el otro día. Eso es que vamos por la ruta buena, ¿no?

—¡Qué va! Eso son los ronquidos de Timba.

—Ah... ¡Cuidado, todo el timón a babor!

—¿Babor es izquierda o derecha? —preguntó Trolli.

—¡Da igual! ¡Giraaaa!

—¡Melocotóooon!

Trolli pegó un volantazo... Bueno, un timonazo... Con tanta fuerza que consiguió esquivar, por los pelos, unas rocas que podrían haber hundido el barco.

—Ha estado cerca —suspiró Mike—. Babor es a la derecha, Trolli.

Nota mental: ni caso. En realidad babor es a la izquierda...

—No sé si esto ha sido buena idea. Y Timba sigue frito...

—Estaba analizando el pergamino.

—Menudo análisis. Se lo ha puesto sobre los ojos para que no le moleste la luz.

Mike se acercó a su amigo durmiente y comenzó a olisquear el pergamino. Olía a oveja. Luego le pegó un lametón. El pergamino cayó al suelo y Mike empezó a relamerse... Abrió un poco la boca... Se acercó más...

—¡Mike, glotón, que te veo venir! ¡El pergamino no se come!

—No es culpa mía que huela a oveja. Es que el hambre me ciega.

Pasado el peligro de los arrecifes continuaron navegando sin más problemas hasta la isla misteriosa, que apareció ante ellos de repente, como la otra vez. Trolli detuvo el motor, colocó el barco en paralelo a la playa, lo aseguró al fondo con el ancla y empezó a hinchar un bote de goma para desembarcar. A no mucha distancia, *La pluma negra* acechaba a los Compas escondida entre la niebla. Pero no era la mayor amenaza que estaba a punto de caer sobre nuestros amigos.

—¡Timba, despierta! Hay que echar el bote al agua.

—¿Ya? Se me ha pasado el viaje sin darme cuenta.

—No te fastidia, la marmota.

Timba se estiró, lanzó un gran bostezo y abrió los ojos un poquito, todavía recostado. Lo que vio en el cielo, encima de sus cabezas, no le gustó nada.

—¡Nos atacan, a las doce!

—Son las diez y media —contestó Trolli, mirando su reloj.

—¡No, arriba, arriba! —berreó Timba.

Unos viejos conocidos se lanzaban en picado sobre nuestros protagonistas: los gases. Su olor apestoso hacía muy reconocibles a esta especie de medusas voladoras, pero esta vez iban a usar armas más potentes. Era un grupo de seis gases en formación. Al pasar por encima del barco arrojaron varias bolas de fuego que estallaron sobre cubierta provocando incendios. Trolli, que había agarrado un remo, consiguió derribar a uno de los atacantes de un mamporro. Mientras tanto Timba y Mike trataban de apagar el fuego. El primero, con un extintor. Y Mike... con medios más «naturales».

—¡No seas guarro, Mike! —se rio Timba.

Sin embargo, la cosa no estaba para bromas: en un segundo ataque los gases se lanzaron sobre su verdadero objetivo: el pergamino, que había quedado abandonado en cubierta. Mike, al verlos acercarse, comprendió sus intenciones y corrió a cogerlo. Llegó justo a la vez que las bestias.

—¡Puaf! ¡Qué mal oléis! —dijo, antes de agarrar el pergamino con los dientes.

Al mismo tiempo uno de los gases enganchó el antiguo documento con sus tentáculos. Cada uno se puso a tirar en una dirección... hasta que lo partieron en dos. Mike intentó recuperar la parte perdida, pero estaba tan nervioso que, sin querer... ¡se tragó la mitad del pergamino que llevaba en la boca! Al ver esto, el gas se alejó volando a toda pastilla seguido por sus malvados compañeros.

Trolli y Timba, dedicados a apagar el fuego, no se habían dado cuenta de lo sucedido. Mike se acercó a ellos con una sonrisa forzada. Y Timba se dio cuenta, de pronto, de que el pergamino no estaba.

—¡Mike! ¿Qué ha pasado? —preguntó, alarmado—. ¿Han conseguido llevárselo?

—No del todo... Solo la mitad donde estaban los dibujos.

—¿Y el resto?

Mike, enseñando mucho los dientes, trató de explicar lo sucedido.

—Hice lo que pude —concluyó el valiente aunque entristecido perro.

—Está bien. No pasa nada —dijo de pronto Timba—. No sé para qué quieren esos bichos el tesoro, pero tener solo la mitad del pergamino no les sirve.

—Pues nosotros ni siquiera tenemos la otra mitad—se quejó Trolli—. Estamos peor.

—Para nada, colegas... Usad la lógica redonda: Trolli, recuerda que le hiciste una foto.

—¡Es verdad!

Trolli sacó su móvil y allí estaba la foto que había hecho del pergamino cuando quiso traducirlo. Más tranquilos, bajaron a tierra en el bote de goma y, a continuación, entraron

con decisión en el pasadizo. Esta vez, al menos, conocían el camino.

—En cuanto lleguemos —dijo Trolli—, echamos un vistazo a la calavera del caballero, a ver si nos da alguna pista.

—No recuerdo que fuera dorada —insinuó Timba.

—¡Diamantito! —concluyó Mike.

En pocos minutos estaban de nuevo frente a la tumba donde el legendario Kevin Willys descansaba para la eternidad. Y debía de descansar muy a gusto, porque algo había cambiado.

—¿Volvimos a poner la losa encima antes de irnos? —preguntó Timba.

—No, no tuvimos tiempo —fue la respuesta, preocupada, de Trolli.

Como fuera, la losa volvía a cubrir el sarcófago, como si nadie lo hubiera abierto nunca. Y no había tiempo para investigar misterios, así que los dos amigos, como la vez anterior, se pusieron a empujar la gran piedra... cada uno en dirección opuesta.

—Lo estamos haciendo mal otra vez —se quejó Trolli.

—Es verdad, colega. Es que no escarmentamos.

En esta ocasión, sin embargo, el problema era otro. Daba igual cómo lo hicieran: ¡no había manera de mover la losa!

—Es como si hubieran pegado esta maldita lápida.

—No se mueve. Déjalo.

Si hubieran pensado un poco en todo lo que les estaba ocurriendo desde que llegaron a Tropicubo tal vez habrían pensado en la posibilidad de sucesos mágicos, pero estaban demasiado cansados. Trolli se sentó en el suelo, apoyado sobre el sarcófago, mientras Timba hacía lo mismo sobre una gran roca cercana.

—Hemos perdido el tiempo, aquí no hay ninguna calavera dorada —gruñó.

—No estés tan seguro —dijo de repente Mike, mirando a su amigo con los ojos abiertos como platos.

—¿Qué pasa? —preguntó Timba, tocándose la ropa—. ¿Tengo arañas por encima o qué?

—Mira, Trolli —dijo Mike—. Apunta con tu luz hacia Timba.

Trolli hizo lo que le pedía y vio que Timba se había sentado sobre... En fin, no era precisamente un trono, sino una gran roca con forma de calavera que despedía destellos dorados bajo la potente luz del móvil.

—¡El tesoro! —gritó Mike al ver los brillos.

—Espera, espera —le tranquilizó Trolli, acercándose—. Esta es la calavera dorada, sin duda. Pero esto no es oro.

—¡Cómo que no! —gruñó Mike.

—Qué va. Es pirita, un mineral muy común. Tiene brillo dorado... pero no es oro.

—¡Menos mal que no es el tesoro! —se alegró Mike—. El oro es el diamantito de los bobos.

—Está bien —sonrió Timba—, ya tenemos otra pista: «La calavera dorada de la galería secreta te señalará el camino de obsidiana».

—¿Y cuál es ese camino?

Mirando con atención vieron que una gran flecha atravesaba el cráneo. Si la leyenda de los titanes era cierta, Kevin Willys debió de ser un gran arquero. Con el paso de los siglos la flecha se había vuelto también de piedra, pero su punta seguía allí, señalando de forma evidente hacia un lu-

gar muy concreto, una pared de la sala donde se levantaba una roca negra brillante, distinta al resto.

—Esto es obsidiana —dijo Trolli, mirándola de cerca—. Pero no es un camino...

—Me hago pipí otra vez —soltó de pronto Mike.

—¡Espera, no apoyes la pata ahí! —dijo Timba.

Demasiado tarde: apenas Mike tocó la piedra volcánica, esta comenzó a girar sobre sí misma, como una puerta. Y es que lo era, un acceso muy antiguo, pero muy bien construido, que seguía funcionando al cabo de miles de años. Con un ruido estrepitoso y una brusca corriente de aire, la puerta se abrió del todo y mostró a nuestros protagonistas, por fin, el acceso al resto de la isla.

—Ah, pues sí, has hecho bien en apoyar la pata —admitió Timba.

Tenían ante ellos un paisaje de lo más extraño: una llanura cubierta de pantanos humeantes, con zonas de bosque tropical y, a mucha distancia, una cordillera dominada por el volcán. Pero lo más llamativo era una calzada de grandes bloques planos de obsidiana que parecían formar una ruta.

—Ya hemos encontrado el camino de obsidiana, compañeros —dijo Timba—. ¿Cuál era el siguiente paso?

—El siguiente paso es que me deis el plano de mi tesoro, malandrines de ciudad.

Era la voz de Rius. Los tres amigos se dieron la vuelta. Allí estaba el marino con pinta de pollo, acompañado por Raptor y encañonando a los Compas con dos viejas, pero muy amenazantes, pistolas de pirata. Y no necesitaba guiñar un ojo para apuntarles, para eso llevaba su parche rojo.

10.
UN VIEJO MARINO ENTROMETIDO

—¿Esas armas que nos apuntan son de verdad? —preguntó Mike, cambiando una vez más de color.

—Ya lo creo, chucho —contestó el pollo marinero, con no muy buena educación—. Como que las heredé de mi antepasado Juan Espárrago. Tan de verdad como que quiero el mapa de mi tesoro ahora mismo.

—Ah, sí, el pergamino —empezó a explicar Timba—. Verá, ha habido un problemilla...

—Sí, sí, una cosa de nada —continuó Trolli, intentando ganar tiempo—. El caso es que...

Mientras hablaban, Mike tenía tal susto que iba pasando del amarillo al verde y de nuevo al amarillo limón. Rius no hacía más que mirar al pobre perro.

—Esa mascota vuestra está fatal —dijo el marino, sin dejar de apuntarles—. Deberíais llevarlo a un veterinario. Pero eso luego. Ahora dadme lo que os pido. ¡Ya estáis tardando!

Cuanto más se impacientaba Rius, más miedo tenía Mike de acabar como comida para los cuervos de la isla. Se puso tan nervioso que le dio una tos, luego otra... y acabó escupiendo el medio pergamino que se había tragado poco antes.

—¡Puaf, qué asco! —gruñó Rius—. ¿Es que no teníais otro sitio para esconderlo?

El marino apuntó a Raptor con una de sus pistolas y le ordenó que recogiera el arrugado documento. El joven lo agarró con dos dedos y poniendo cara de asquete, porque después de un rato en las tripas de Mike... pues estaba un poco pegajoso.

—¡Por fin! —sonrió Rius—. El tesoro es mío.

—Debería saber una cosa —empezó a decir Timba, pero Trolli lo detuvo dándole una patadita.

—¿El qué, muchacho?

—Nada, nada —intervino Trolli—. Solo desearle que tenga mucha suerte con su tesoro y con su plano y esas cosas. Es que Timba es un tío la mar de amable.

—Ah, pues gracias —respondió Rius—. Se ve que sois buenos chicos. Y por eso lamento tener que hacer lo que voy a tener que hacer.

—¿Y qué tiene que hacer? —preguntó Mike, que aún seguía pálido como un chicle muy masticado.

—¡Raptor, ata a estos rufianes! ¡Con buenos nudos marineros!

El muchacho, sorprendido por la repentina avaricia de su paisano, hizo lo que le ordenaban utilizando una cuerda que había traído del barco. Cuando acabó con los Compas, el propio Rius ató también a Raptor. Tras comprobar que habían quedado bien asegurados, se guardó las pistolas y, pergamino en mano, echó a andar por el camino de obsidiana.

—¿Nos va a dejar aquí, así? —le preguntó Raptor—. ¿Y si nos atacan?

—¿Quién os va a atacar? —se mofó el marino.

—¡Suéltenos! —exigió Raptor—. El tesoro ayudará a reconstruir Tropicubo.

—Y con lo que sobre podremos comprar algo de comida —añadió Mike.

—Yo me conformo con una habitación en un hotel donde me dejen *esforzarme* —concluyó Timba—. O sea, dormir.

—¡Basta de rollos! —gritó Rius—. El tesoro me pertenece, es la herencia de mi antepasado. Pero no quiero ser maleducado: gracias, chavales, por encontrar el pergamino para mí, ¡ja, ja, ja!

Rius se largó a buen paso hacia el interior de la isla dejando abandonados a nuestros amigos. En un par de minutos desapareció de su vista.

—Tenemos que hacer algo para escapar o moriremos aquí —dijo Trolli, intentando soltarse.

—Estoy buscando la lógica redonda para desatarnos —le respondió Timba, pensativo—. Ya lo tengo. Un padre le dice a su hijo: «Pepito, te han vuelto a suspender el inglés. A ver si te esfuerzas más». Y el hijo responde: «Es que tengo hambre». Y el padre: «Si me lo dices en inglés, te doy un poco de chocolate». Y responde el crío: «I am bre».

Mike, Raptor y el propio Timba empezaron a partirse de risa. Más que nada por los nervios de la situación. Trolli, como de costumbre...

—Vaya momento para chistes, Timba.

—Yo sí que «I am bre» —se quejó Mike—. Me comería cualquier cosa. ¡Un momento! ¿Y si...?

Mike se acercó a Trolli por detrás y empezó a roer las cuerdas que ataban las manos de su amigo.

—¡Ya lo pillo! —dijo Trolli, esperanzado.

—Siempre le estás diciendo que no coma fuera de horas —intervino Timba— y ahora le dejas comer cuerda.

—¡Pero, hombre, así conseguiremos desatarnos!

—¡Eh, que la lógica redonda es cosa mía!

—¡Déjate de lógicas!

Mike, que tenía hambre de verdad, rompió la cuerda (y se tragó un trozo) en muy poco tiempo. También le pegó algún mordisco que otro a Trolli, pero poca cosa. Una vez libre, Trolli desató también a sus dos amigos y a Raptor.

—¡Buen trabajo, Mike! Te prometo que no te voy a volver a regañar por comer a deshoras.

—¿En serio? —preguntó Mike.

—No. Y cambiemos de tema. Hay que ir a por Rius. Él cree que tiene el mapa del tesoro, pero le falta la mitad del pergamino. Y la que tiene, con el texto en clave y la manchita roja...

—...no creo que la vaya a entender —terminó Timba la frase, a lo que Mike y Trolli asintieron.

Mientras los Compas y Raptor salían tras Rius, el marino se había alejado bastante y ya había descubierto que, en efecto, el pergamino no le valía de mucho.

—¡Mil millares de millones de demonios! —gritaba mientras daba saltos entre bloques de obsidiana—. ¿En qué estaba pensando Juan Espárrago cuando escribió estas instrucciones? ¡No hay quién entienda nada! ¡Y este dibujo incomprensible!

¿Dibujo? ¿De qué estaba hablando Rius? ¿Sufría alucinaciones por culpa de los vapores volcánicos? ¡Si la parte de los dibujos se la habían llevado las bestias infernales del Titán!

Sin saber muy bien adónde iba, siguió adelante por una ruta de obsidiana cada vez más invadida por una vegetación selvática que tenía que cortar a machete. Esto, y los rodeos que daba el camino entre bancos de arena, fuentes de agua hirviente y charcas de lava con olor a azufre, le tenían frito. Rius, poco acostumbrado a la tierra firme, no hacía más que maldecir su suerte.

—¡Rayos y truenos! ¿A quién se le ocurre hacer un camino así? ¡Esto en el mar no pasa!

Sin embargo, él sabía que su enfado no era por las dificultades de la ruta. Había dejado a su viejo amigo Raptor y a los Compas atados y abandonados. Y se sentía culpable porque, en el fondo, no era mala persona. Le había cegado la ambición de encontrar el tesoro. Al cabo de un rato pensando en el tema, exclamó:

—¡A la porra! Me vuelvo a por ellos.

Y diciendo esto, dio media vuelta sobre sus pasos. Sin embargo, no quiso perder tiempo con tanta revuelta y decidió avanzar lo más recto que pudiera. Lo cual le obligaba a salirse del camino de obsidiana. Fue una mala idea...

Mientras tanto, los Compas y Raptor seguían tras los pasos del marino. Era fácil: solo había que marchar sobre la obsidiana, tal y como decía el pergamino: «Siempre que no lo abandones ni busques atajos llegarás al árbol de la sabiduría...», recordó Timba el texto del pergamino. Raptor, preocupado por su amigo Rius, no estaba para profecías:

—¡Esto es una chorrada, no hacemos más que dar vueltas! Vayamos en línea recta. Se ve perfectamente por dónde ha pasado Rius: hay señales de vegetación cortada por todas partes.

—¿Quieres que andemos sobre la lava?

—No: sobre los bancos de arena. Ahí no hay plantas y avanzaremos más rápido.

—Pero el pergamino dice...

Sin hacer caso, saltó fuera del camino de obsidiana, como había hecho Rius muy poco antes, en otro lugar. Se ve que la gente de Tropicubo es impulsiva. No había andado Raptor ni tres pasos, cuando empezaron los problemas.

—Este suelo es un poco blandengue —dijo a los Compas, que no le habían seguido.

Intentó andar un poco más, pero la sensación era rara, como ocurre a veces en las pesadillas, que uno intenta avanzar, mueve las piernas y tal... pero no se cambia de sitio. Después de media docena de pasos en ese plan notó que le costaba trabajo mover los pies. Miró hacia el suelo y vio que la arena tenía la consistencia del chicle y a cada paso que daba se hundía un poquito. En apenas un momento el barro le llegaba hasta los tobillos. Y poco después hasta las rodillas.

—¡Son arenas movedizas! —gritó Trolli—. Por eso el pergamino advertía que no debíamos salir del camino de piedra.

—¡Melocotón! ¡Está perdido! —gimió Mike.

—¡No! ¡Podemos ayudarle! —siguió hablando Trolli—. Raptor, deja de moverte de inmediato.

—¿Y eso para qué? —preguntó—. Si me quedo aquí, me hundiré del todo.

—No: cuanto más intentes andar, más te vas a hundir. Las arenas movedizas tienen mucha agua. Lo que tienes que hacer es tumbarte sobre ellas y avanzar «nadando».

—¿Y eso cómo lo sabes? —preguntó Timba.

—Lo vi en un programa de supervivencia.

—¡Pero me voy a manchar la ropa! —protestó Raptor.

—¡Tío, haz lo que te digo o te ahogarás en el barro! —gritó Trolli—. Nosotros te ayudaremos a salir. Pero tienes que acercarte un poco.

—Está bien... Voy a intentarlo —dijo el chico, hundido ya hasta la cintura.

Raptor se dejó caer de espaldas sobre las arenas y comprobó, con alivio, que era verdad: flotaba como si estuviera en el agua. Aunque era un «agua» bastante pringosa. Poco a poco, ayudándose con los brazos, pudo sacar las piernas (primero una, luego la otra) e ir desplazándose hacia la orilla. Por suerte no se había alejado mucho. En cuanto estuvo a tiro, Timba y Trolli lo agarraron y lo llevaron de nuevo hacia la seguridad de las losas de obsidiana. Mike también ayudó, agarrándole del pantalón con los dientes.

—¡Por qué poco! Este barro del demonio casi me traga. Pero mirad cómo ha quedado mi elegante vestimenta de marinero.

—Hombre... —empezó a decir Timba, con cara de asombro—. Son un pantaloncillo y una camiseta de lo más normales. Ni mi prima la coja va tan cutre.

—Pues en Tropicubo es lo que más mola —se defendió Raptor, sacudiéndose como podía el barro.

—¡Basta, chicos! —cortó Trolli el debate sobre moda—. Debemos seguir adelante.

Sin más palabras continuaron su camino. Aparte de que daba más vueltas que una montaña rusa, era bastante fácil de seguir. Y más ahora que Rius había abierto pasos entre la vegetación. El tiempo pasaba y se adentraban cada vez más en la isla. En un momento dado vieron acercarse una bandada de loros grises. Pasaron tan cerca que, por un momento, creyeron que se trataba de un ataque. Pero no. Las aves se dirigían hacia un árbol lejano. Pero no un árbol cualquiera: uno inmenso, solitario, plantado en medio del desolado paisaje volcánico.

—¡Ese tiene que ser el árbol de la sabiduría del que habla el pergamino! —exclamó Timba.

—Pronto lo sabremos —admitió Trolli—. De momento tenemos que alcanzar e interceptar a Rius.

—Por cierto, ¿qué haremos cuando lo encontremos? —preguntó Mike—. Recordad que sigue armado.

Todos se detuvieron de golpe.

—Bliblu... —Trolli no supo qué contestar—. Ya lo pensaremos cuando llegue el momento.

—Eso sí que es lógica... cuadrada —se mofó Timba.

—Pues más vale que pensemos rápido —insistió Mike—. Mirad allí, en medio de aquella arena.

A unas pocas decenas de metros de distancia, hundido hasta el cuello en otro banco de arenas movedizas, Rius se esforzaba por salvar la vida. ¿Llegarían los Compas a tiempo de ayudarle?

11.
LA PISTA DEL TITÁN

¡**H**ay fiesta en el inframundo! Los esbirros del Titán Oscuro han encontrado el pergamino y se lo han arrebatado a los que lo tenían. Según los informes que los mensajeros del mal han llevado al interior de la Tierra, se trataba de dos chicos con un perro. Sí, tres personajes cualquiera que habían encontrado por casualidad algo cuya importancia no podían entender: el antiguo documento que conduce a su poseedor al arma legendaria.

El Titán estaba contento. Si lo que le habían contado era cierto, no había ningún elegido a la vista, por lo que el arma estaría pronto en su poder. También se sentía impaciente. Sus secuaces tardaban en llegar y, después de miles de años durmiendo en el inframundo, el malvado que aspiraba a dominar nuestro planeta no quería perder más tiempo. Para entretenerse barrió con su inmensa mano a un grupo de zombis que había por allí. Solo quedó de ellos un poco de polvo y un leve olor a podrido.

No necesitó «divertirse» más de esta manera, pues enseguida llegaron los gases portadores del pergamino. A pesar del aspecto amenazador de estas criaturas, cuando se ponían junto al Titán Oscuro parecían tan pequeñas que se volvían insignificantes. El gas que había arrebatado el pergamino a Mike se acercó a su amo, con orgullo, presentándole aquello que el señor del mal tanto deseaba.

El Titán, casi temblando de la emoción, se acercó, tomó el pergamino entre sus manos, lo miró, lo olisqueó (se tomó su tiempo, sí) y, de pronto, bramó con su voz infernal:

—¡Cretinos! ¡Esto no es más que un trozo! ¡No sirve para nada!

Lleno de furia, el Titán aplastó de un manotazo al gas. El pobre no tuvo tiempo ni de darse cuenta del error cometido. No contento con esta pequeña venganza, hizo lo propio con el resto de la escuadrilla. Eran como globitos que hacían «plof» y dejaban una mancha verdosa y algo maloliente. Pero al Titán no le preocupaba el mal olor, pues todo el inframundo apestaba como un cesto de calcetines sucios.

—¡Qué clase de esbirros malignos sois vosotros! —volvió a gritar, aunque ya no podían oír nada—. ¿Dos chicos y un perrito tienen la culpa de que solo me hayáis traído la mitad del pergamino de Willys? Esto no me sirve... ¡No me sir...!

De repente dejó de berrear. Se había fijado en un detalle. Su trozo del pergamino era el que contenía los dibujos, trazados en la parte superior. Había allí varios detalles que no tenían ningún significado para él (como ya sabemos, Kevin Willys había procurado hacer su mensaje lo más confuso posible). Sin embargo, una imagen concreta le llamó mucho la atención.

Era el perfil del volcán, el dibujito que presidía toda la escena. Un perfil característico, difícil de confundir. Parecía una cuajada vuelta del revés y que se hubiera chafado un poco. Por encima se extendía una nube de humo negro, para recalcar que no era una montañita cualquiera. ¡Y tanto que no! Era algo que le resultaba muy familiar al Titán Oscuro. No era un lugar que pudiera borrarse de su mente, ni siquiera al cabo de tanto tiempo. Pues fue allí, al pie de aquella caldera humeante donde tuvo lugar la gran batalla en la que cayó derrotado ante el caballero.

—¡Ja, ja, ja! ¡Willys, siempre fuiste un bromista! Pero ahora río yo el último —gritó, sin que ninguno de los esbirros que había por allí, procurando apartarse de sus ataques de ira, entendiera de qué estaba hablando.

¡Como para olvidarse! La batalla había durado tres días y tres noches, siempre a las faldas del volcán. El perfil de aquella montaña se le había grabado a fuego —nunca mejor dicho— y ahora, al menos, sabía dónde había que buscar. Kevin Willys, su profecía, su legado... y su arma secreta, habían permanecido todo este tiempo en aquella isla perdida donde el Titán perdió su primera oportunidad de dominar el mundo. No perdería la segunda.

—Había jurado no volver nunca a aquel sitio —berreó el Titán, ocasionando nuevos terremotos por aquí y por allá—... Pero ya que mi querido y difunto Kevin Willys lo ha dispuesto así, ¿quién soy yo para contradecirle?

A continuación el Titán Oscuro se echó a reír. Pero no era una risa alegre, sino irónica y malvada, una risa que hizo estallar volcanes en toda la Tierra. Si en la superficie la gente hubiera sabido que todas esas catástrofes eran resultado de los cambios de humor del Titán... En fin, le habrían mandado a la porra. Como mínimo.

Cuando terminó de reírse volvió a su gesto malévolo corriente y se puso a dar órdenes a sus esbirros. Debían seguir causando el caos y la destrucción, de eso no cabía duda. No obstante, ahora encargó a las brujas que dirigieran las acciones del resto de villanos: gases, rayas, zombis, esqueletos. Las brujas eran, dentro de lo que cabe, las más inteligentes de todos. A ver, no es que fueran tampoco muy inteligentes, pero sí más que una medusa llena de pedillos o que un esqueleto sin cerebro, por ejemplo.

—A ver si vosotras sois capaces de evitar chapuzas como este medio pergamino —les dijo el Titán—. Y ojito con lo que hacéis. No vaya a ser que tenga que seguir aplastando vuestras cabezotas...

Los servidores del mal, aterrados por la amenaza, se alejaron por todas las salidas del inframundo para cumplir las órdenes de su amo. Y hablando de salidas, una vez que estuvo solo, el Titán Oscuro tenía que tomar una decisión: ¿por qué camino llegaría a la misteriosa isla volcánica donde, en ese preciso momento, los Compas y Raptor acababan de descubrir a Rius hundiéndose en las arenas movedizas?

Podía salir a la superficie por cualquier sitio y avanzar causando la destrucción y el pánico. Sin embargo, sus criaturas ya se encargaban de eso. No podía perder tiempo en «diversiones» maléficas. Debía hacerse con el arma cuanto antes, y para ello era imprescindible ir a la isla por el camino más corto. Y el Titán lo conocía muy bien: una sima volcánica muy antigua que cruzaba medio planeta y conectaba el inframundo directamente con el laberinto de cuevas y pasadizos donde yacía el cuerpo del caballero. Nuestros amigos, los Compas, se habían asomado ya al otro lado de esa sima, sin saber nada de los horrores que había al otro extremo.

El único problema era que... Vaya, sí... El Titán Oscuro había engordado un poquito después de tantos siglos durmiendo la siesta. Al intentar meterse por la sima descubrió que no entraba con facilidad. Se puso a empujar, a tirar de

aquí y allá, a dar golpes, a soltar maldiciones... Realizando este esfuerzo sobrehumano, pasaba, pero muy poco a poco. Y enseguida se atascaba. Lo intentó metiendo primero un brazo, luego la cabeza, luego una pierna, luego otro brazo (la verdad es que al Titán le gusta hacer las cosas complicadas). Al fin, después de varios intentos y de sudar como un condenado, con un «plop» consiguió meterse.

Miró hacia adelante y vio que la sima se ensanchaba y estrechaba de forma intermitente. Sacudió la cabeza con una media sonrisa malvada.

—Este viajecito va a durar más de lo que yo pensaba... —Y mirándose la barriga, dijo—: Debería ponerme en forma.

Iba a tener ocasión de hacerlo durante el lento viaje hacia la superficie. Pero el esfuerzo merecía la pena. Al final del camino encontraría el arma ancestral. ¡Y la convertiría en su cetro! El cetro de un rey que dominaría nuestro mundo para siempre.

—¡Madre mía, vamos de problema en problema! —dijo Timba—. ¡Que habíamos venido aquí de vacaciones!

—¡Va a ahogarse! —gritó Raptor, preocupado por su paisano Rius, casi hundido del todo en el fango—. ¡Tenemos que hacer algo!

—Trolli, ¿no puede salir «flotando», como Raptor? —preguntó Mike.

—No. Está muy hundido. Nos haría falta una cuerda y no tenemos.

—¡Sí que tenemos! —dijo entonces Timba—. La cuerda que usó ese bribón para atarnos. Junté los trozos, hice un rollito y me la guardé en un bolsillo. Pensé que nos sería útil. ¡Aquí está!

—«Pensé que nos sería útil» —gruñó Trolli—. ¿No se te ocurrió que nos habría venido bien para salvar a Raptor?

—No se me ocurrió. Es que a veces me lío con la lógica redonda.

—Chicos —dijo Mike—, mientras habláis de esas cosas tan interesantes... Rius se hunde.

Era cierto. Ante la urgencia de la situación, Timba arrojó un extremo de la cuerda al marino.

—¡Anúdesela alrededor del cuerpo, debajo de los soba-quillos! Nosotros tiraremos de usted.

Rius hizo como le pedían, aunque con dificultad, porque incluso le costaba trabajo sacar los brazos. Una vez sujeto, Timba tiró con fuerza. Rius ni se movió. Lo intentó otra vez. Nada, que no. Hizo un tercer intento con tanta fuerza que «rebotó» y se cayó de morros sobre las arenas movedizas. Trolli lo agarró de los pantalones y lo sacó con rapidez.

—Vamos a tirar entre todos —dijo Trolli—, pero poco a poco, no a lo bruto: este barro es como un pegamento. Si tiramos muy fuerte, nos cansaremos enseguida y no hare-mos nada.

El rescate continuó durante varios minutos angustio-sos. Al principio parecía imposible sacar a Rius de las arenas movedizas. Y para añadir tensión, cada poco tiempo tenía lugar una pequeña pero inquietante sacudida, como avisan-do de un terremoto inminente. Daba miedo, pero uno de esos movimientos sísmicos resultó de lo más oportuno. Fue algo más violento que los anteriores y agitó el barro de tal manera que Rius salió impulsado hacia arriba. No mucho, pero sí lo suficiente como para que, por fin, los tirones de los Compas y Raptor empezaran a hacer efecto. Cuanto más fuera estaba Rius de las arenas, más fácil resultaba sacarlo. Al cabo de un buen rato y muchos sudores consiguieron lle-varlo de vuelta al sólido camino de obsidiana.

—¡Gracias, chicos! —fue lo primero que dijo—. Me ha-béis salvado, a pesar de ser un miserable.

—De nada, «capitán pirata» —le respondió Trolli—. Pero antes de nada, entréguenos sus armas.

—Ya no hay armas, muchachos, como podéis ver: me temo que se han quedado en ese barro.

—¿Y el pergamino? —preguntó Mike, alarmado, pensando que se había perdido también.

—Por eso no os preocupéis. Lo llevo encima.

A la vez que decía esto, Rius sacó el pergamino del bolsillo de su pantalón y se lo entregó a los Compas. Estaba hecho un asco: arrugado, sudado, manchado de barro... Pero seguía entero (menos el trozo que tenía el Titán, por supuesto). Al desplegarlo, los Compas se asombraron al ver que había allí algo nuevo.

—¿Y este dibujo de abajo? —preguntó Mike—. Antes no estaba.

—A mí me lo disteis así —se defendió Rius.

—Es muy extraño —observó Timba—. ¿Seguro que no se ha entretenido haciendo dibujitos?

—Para dibujitos estaba yo, metido en esas arenas movedizas.

—Se lo tiene merecido, por sinvergüenza —le dijo Trolli.

—Os prometo que estoy muy arrepentido. De hecho estaba volviendo a por vosotros cuando me metí en esa trampa mortal.

—Eso dicen todos...

Mientras hablaban, Mike miraba fascinado el nuevo dibujo del pergamino. Representaba algún tipo de gigante diabólico, de aspecto muy raro y amenazador. A sus pies, mucho más pequeño, había un caballero guaperas que se enfrentaba a él. Mike lo identificó rápidamente como Kevin Willys pero... ¿quién era el gigantón con pinta de malo que tenía delante? Sin duda, alguno de los legendarios titanes. Qué pinta más mala tenían. El dibujo era todo negro, salvo la pequeña mancha roja, que coincidía con el pecho del monstruo. Mike no entendía el significado de este nuevo di-

bujo, pero su ágil cerebro perruno desveló, al menos, una de las dudas.

—¡Chicos, ya sé cómo ha aparecido el dibujo nuevo!

—¿Estás seguro? Que lo tuyo no son los misterios. Se le daban mejor a mi querida esposa... ¡¡¡Aaaaayyyy, Robertaa-aa!!!

—Ya estamos —ladró Mike—. Que sí, que lo he pillado: estaba hecho con tinta invisible. Para que se activen estas tintas hay que aplicarles calor o, a veces, algún producto químico. Y este pobre pergamino ha estado dentro de mi tripa: ha tenido las dos cosas. Por eso se ve ahora y antes no.

—De todas formas es un nuevo enigma: ¿qué significa? ¿Y por qué se hizo con tinta invisible? —reflexionó Timba.

—Lo que es un enigma es el textito de marras —gruñó Rius—. ¿En qué idioma de todos los diablos está escrito?

Al decir «diablos» la tierra se movió de nuevo y todos sintieron, durante unos segundos, una extraña sensación, como de algo muy amenazador que se acercaba. No pasó nada, sin embargo, y Timba explicó el secreto del texto:

—Está escrito de forma que... ¿Alguien tiene un espejo?

Nadie respondió. Mira que irse de aventuras a una isla misteriosa y no llevarse un espejo... Timba siguió hablando:

—Da igual: usaremos la cámara del móvil.

Timba apuntó al pergamino y, cuando tenía el texto centrado, invirtió la imagen. El texto, como por arte de magia, resultaba legible. Y lo de «magia» no es una frase hecha.

—Increíble —dijo Rius, al verlo.

—Está escrito en tropicubano moderno —se sorprendió Raptor—. ¿Cómo podía conocer nuestra lengua el caballero, hace tantos miles de años?

—No está en tropicubano —intervino Trolli—. Está en nuestro idioma.

—Qué va, mira —insistió Raptor—. Está en *nuestro* idioma.

—Pues eso —confirmó Trolli, mirando el texto—. En *nuestro* idioma.

—Eeeeeyyyy —cortó Mike el diálogo de besugos—. Es muy raro, porque hasta yo lo entiendo, lo que no está mal teniendo en cuenta que soy un perro y ni siquiera sé leer. El texto del pergamino es mágico: cada uno lo puede leer en su propia lengua.

—Es una buena explicación.

—¡Mejor que buena! —dijo Mike, con una gran sonrisa—. El caballero pretendía que su mensaje pudiera entenderlo cualquiera, en cualquier época. Y no se habría tomado tantas molestias si este pergamino no condujera de verdad a un gran tesoro. ¡¡¡Dia-man-ti-to, dia-man-ti-tooooo!!! ¡Riquezas y tesoros a mi alrededoooorrrrr!

—Vale —dijo entonces Timba—. Ya no podemos estar muy lejos. El texto solo dice una cosa más: «...llegarás al árbol de la sabiduría, en cuyas entrañas se guarda el secreto que otorga el poder de la gran cruz». Debe de referirse a ese árbol tan grande que se ve.

—En todo caso no hay más que seguir el camino de obsidiana.

—Yo no estoy para muchos trotes —dijo entonces Rius—. Esta aventura me ha dejado agotado.

—Pues tampoco es plan de dejarte solo aquí —dijo Trolli—, a pesar de que es lo que hiciste con nosotros.

—Yo me quedo con él, amigos —intervino Raptor—. Volveremos a la playa, os esperaremos allí y tendremos listos los barcos para regresar a Tropicubo con el tesoro... o con lo que encontréis.

—De acuerdo.

Con un apretón de manos se despidieron todos (menos Mike, que por definición tiene pezuñas, así que solo sacudió el rabo). A continuación los Compas siguieron adelante por el camino de obsidiana.

—¡Mucha suerte! —les desearon Raptor y Rius.

El árbol gigante estaba todavía lejos, pero se veía desde todas partes. El resto del paisaje, areneros y pozas de agua caliente que no hacían más que burbujear, mientras que los charcos de lava escupían de vez en cuando hacia arriba un chorro de roca fundida. El olor del azufre era intenso. Los temblores de tierra seguían siendo pequeños, pero no paraban de anunciar la catástrofe que se avecinaba. Y no era eso lo más angustioso.

—¿Os habéis fijado en las rocas con forma de esqueletos gigantes? —preguntó Timba.

—Sí... Cada vez hay más. Y más realistas —fue la respuesta de Trolli—. Esto no son formaciones naturales.

—La leyenda de los titanes tiene que ser cierta —observó Timba, algo asustado.

—No sé... Puede. Pero no estoy seguro. Tiene que haber alguna explicación lógica.

—Estoy usando la lógica redonda desde hace un rato y... nada.

—Redonda o cuadrada... ¿Cómo va a ser verdad semejante leyenda?

Trolli no estaba muy convencido de lo que decía. Ya había visto demasiadas cosas inexplicables desde que llegó a Tropicubo, pero aun así le costaba admitir que la profecía

fuera cierta y prefería creer más bien la historia del pirata. El que no tenía problemas al respecto era Mike:

—Titán o Espárrago, lo que está claro es que al final del camino de obsidiana nos espera un diamantito.

Siguieron caminando un buen rato sin decir nada. La situación era muy tensa, y de pronto oyeron un ruido, como un aleteo a sus espaldas. Ya habían oído antes algo parecido, y no era buena señal. Se dieron media vuelta y arriba, en mitad del cielo, varias siluetas con alas se recortaban contra las nubes.

—¡Nos atacan otra vez!

—¡Melocotón!

Entre los restos de niebla y los vapores volcánicos no se veía bien de qué se trataba, pero no había duda: el escuadrón volador se dirigía directo a donde estaban los Compas. Mike se puso en guardia, enseñando los dientes, mientras Trolli y Timba se preparaban para recibir a los atacantes de la peor manera posible. Los tenían ya casi encima.

—¡Agachaos! —gritó Mike.

Así lo hicieron Timba y Trolli, esquivando por los pelos a una bandada... ¡de loros grises! Los pájaros les pasaron por encima, graznando mucho, pero sin intenciones agresivas. Simplemente no los habían visto, porque a ellos también les estorbaba la niebla. Todavía asustados, los Compas siguieron el vuelo de las aves: iban directas hacia el gran árbol.

—¡Malditos plumíferos! —gruñó Trolli.

—Menudo susto nos han metido —se rio Timba—. Esto me recuerda algo: va un pirata con un loro sobre el hombro y entra en un bar. El camarero lo ve y le pregunta: «¿De dónde lo has sacado?», y el loro le contesta: «En el barco pirata había un montón».

Mike y Timba rompieron a reír como siempre, pero Trolli se quedó pensativo antes de decir:

—¡Claro, eso es! Estos loros son los descendientes del loro de Juan Espárrago.

—¿Estás seguro? —preguntó Timba.

—No.

—¡Pero tiene lógica! —exclamó Mike—. El tesoro está cerca.

—Bueno, cerca, lo que se dice cerca... Todavía hay una buena caminata hasta el árbol. Venga, sigamos adelante. Estamos en terreno volcánico y esto puede saltar por los aires en cualquier momento.

A medida que avanzaban fueron comprendiendo las verdaderas dimensiones del árbol. Desde lejos ya parecía grande, pero al llegar a sus pies comprobaron que se trataba de un verdadero gigante de la naturaleza. ¿Habría sido todo tan grande en el antiguo mundo de los titanes o solo es que este árbol era muy viejo y había crecido mucho? El tronco era tan ancho como una casa. La altura resultaba difícil de calcular, pues era muy frondoso y desde abajo no se veía la parte superior. Sin embargo, debía de ser varias veces más alto que un edificio normal de viviendas. Por el suelo, todo alrededor, en un espacio muy grande, había raíces largas y retorcidas, de más de un metro de grosor cada una. Todo allí parecía hecho a escala de gigantes.

—¿Y ahora? —dijo Timba—. «Llegarás al árbol de la sabiduría, en cuyas entrañas guarda el secreto que otorga el poder de la gran cruz». ¿Lo pilláis?

Nadie le respondió. Timba miró a su alrededor. Sus amigos no estaban, no podía verlos por ningún lado. ¿Qué había sucedido? Se acercó al tronco descomunal y lo fue rodean-

do, a la espera de un nuevo ataque de gases o rayas... Pero no: allí detrás estaban sus amigos. Mike con la pata levantada y Trolli echándole la charla.

—Eso no se hace, Mike.

—Es que tengo ganas, Vinagrito, y es el único árbol que hay cerca.

—Chicos, que os despistáis —dijo Timba, un poco mosqueado—. A ver, tengo una duda: ¿qué es una entraña?

—Mira que eres inculto —soltó Trolli—. Una entraña es... Es... Espera un momento —se interrumpió sacando el móvil y haciendo una búsqueda rápida—. Una entraña es un «órgano contenido en las principales cavidades del cuerpo humano o de los animales».

—Vamos, lo que son las tripas —dijo Mike.

—Pues lo tenemos claro —observó Timba—. Un árbol no tiene tripas. Además estoy cansado. Quiero echarme una cabezada.

—Y yo tengo hambre —añadió Mike—. Me comía un plato de entrañas fritas.

—¡Vaya dos! —protestó Trolli, que seguía mirando el móvil—. Hay otros significados: «Parte esencial, oculta o escondida de una cosa o asunto». El tesoro debe de estar escondido en algún sitio dentro del árbol. A ver, ¿qué es lo más esencial de un árbol?

—Las hojas, que le sirven para coger energía —respondió Mike.

—Las hojas son muy blandas y planas. No puede haber nada escondido en ellas.

—¿Las ramas? —propuso Timba—. No, tampoco. Son muy macizas y están muy altas.

—Usaré tu lógica redonda —dijo entonces Trolli—. Los piratas solían enterrar sus tesoros. Probablemente lo que buscamos esté bajo estas raizotas. Habrá que cavar.

—No hemos traído pala —observó Timba.

—¿Hemos venido a por un tesoro y nadie ha pillado una pala? —protestó Mike.

—Pues no. A ti tampoco se te ha ocurrido, so listo —le respondió Timba—. Además, esa lógica no es nada redonda. Los piratas eran unos vagos y llevaban patas de palo. Si podían evitarlo, no cavaban, que era muy cansado. Las entrañas del árbol tienen que estar en el tronco, que es como su cuerpo. Y además es redondo.

—Como tu lógica —gruñó Trolli—. Bah, por probar...

Trolli se acercó al tronco y le dio unos golpecitos.

—Suena un poco a hueco. Y por aquí más. A ver si...

Poco a poco Trolli fue siguiendo el rastro sonoro hasta que, de pronto, descubrió un hueco en la corteza. Metió la mano y...

—¡Jo, qué asco!

Había pillado un montón de telarañas. Y algo más:

—¡El tesoro! —gritó Mike.

—No... —respondió Trolli—. Es otra bolsa de terciopelo rojo con el emblema de Kevin Willys.

—Gracias —murmuró Timba.

Sin hacer caso de la broma de su amigo, que ya se repetía un poco, Trolli abrió la bolsa y sacó lo que había dentro.

—¿Es el diamantito? —preguntó... ya sabemos quién.

—No, es otro pergamino con un texto en clave. A ver qué pone.

Trolli acercó el móvil y lo puso en modo espejo. El texto seguía la línea habitual:

—«Si con el sol, en lo más alto, eres capaz de ver desde el ojo del loro gris, serás digno de encontrar el diamante sagrado que reposa bajo la gran cruz de las tinieblas».

—¡Dia-man-ti-to! Es la clave final. Tenemos el tesoro al alcance de la pata.

—Ya. De momento hay que averiguar qué es «el ojo del loro gris».

—Tendremos que capturar a alguno de esos pajarracos.

—Pero no hoy, porque ya no vamos a tener el sol en lo más alto —advirtió Timba—. Está anocheciendo.

—Es verdad. Pronto no se verá nada —añadió Trolli—. Propongo que acampemos aquí. Encenderemos un pequeño fuego, comeremos algo y dormiremos para estar bien descansados mañana.

Así lo hicieron. Sin embargo, la noche no iba a ser precisamente tranquila. Poco antes de acostarse, Mike hizo una observación:

—Noto un olor raro en el aire.

—Es el azufre del volcán.

—No, no. Es otra cosa. Huele más como a cadáver.

En la oscuridad de la noche, apenas rota por los últimos rescoldos de la hoguera, se escuchaba todo tipo de ruidos poco tranquilizadores.

13.
EL ATAQUE
DE LOS ZOMBIS...
Y ALGUIEN MÁS

*L*a noche era silenciosa, como esos días que estás en clase, medio dormido, y de repente el profesor pega un berrido. Pero aquí, en vez de berrido, lo que se oía era como un arrastrarse de algo... O de alguien. Mike fue el primero en percibirlo. No podía pegar ojo, porque tenía miedo a la oscuridad.

—Trolli —se acercó a su amigo, para despertarlo.

—¿Qué pasa? —gruñó Trolli, medio frito.

—Tengo miedo.

—Como siempre que está todo a oscuras. Déjame dormir.

—Es que se oyen ruidos... Ruidos malos. Creo que va haber otra escena de esta película de miedo en la que estamos metidos.

Trolli, un poco harto, se incorporó y apretó los ojos para ver si atisbaba algo. La oscuridad era grande, hasta que de repente un charco de lava escupió roca ardiente hacia lo alto, iluminando los alrededores. Mike tenía razón, aunque más que escena, aquello era una escenita: allí, gracias al resplandor de la lava, podían ver a un grupo de seres infernales dirigiéndose hacia ellos. Un ejército de zombis y esqueletos vivientes. Trolli y Mike empezaron a retroceder, paso a paso. Timba, sin embargo, seguía esforzándose: no se había enterado de nada.

—Andando hacia atrás no vamos a ninguna parte, Trolli.

—Ya...

El caso es que llegar, lo que se dice llegar, sí llegaron: hasta el tronco del árbol en concreto, justo en el lugar donde Timba seguía roncando a su bola. Trolli agarró un gran palo y se preparó para la lucha. Por un lado venían los zombis. Por el otro, los esqueletos. Había cientos.

—¡Estamos rodeados! —gritó Trolli

El primero en llegar fue un zombi, que estuvo a punto de capturar a Mike. Trolli agarró a su amigo por el rabo y lo lanzó al otro lado del árbol. Después arreó un estacazo al zombi con tanta fuerza que le puso la cabeza de medio lado. Se ve que el monstruo se mareó un poco con este tratamiento, porque empezó a dar vueltas sobre sí mismo hasta que, sin querer, metió los pies en un charco de lava. Fue hacerlo y empezar a arder como si estuviera empapado de gasolina. Si alguien dice que los zombis no sienten, tendría que haber visto a este: salió corriendo por donde había venido a la vez que soltaba unos alaridos de lo más chirriantes. Reacción que tuvo un resultado sorprendente: correr no es buena manera de apagar un fuego. Al revés: a medida que se abría paso entre sus colegas zombis, les iba prendiendo fuego a ellos también. Y estos, como fichas de dominó que van cayendo, incendiaban a otros. En un instante el entorno del árbol de la sabiduría estaba lleno de antorchas-zombi corriendo de acá para allá lanzando gritos. Tantos, que hasta Timba se despertó.

—¡Pero qué pasa! ¿Dónde dice la profecía que no se pueda dormir nunca? —gritó, enfadado, al despertarse—. ¡Melocotón! ¿Acaso estamos en apuros?

—No, Timba. Es la familia, que viene a vernos.

Los zombis se estaban destruyendo unos a otros, pero seguían siendo un montón y no paraban de avanzar. Viendo el peligro, Timba se puso en pie, cogió también un palo y se colocó junto a Trolli en actitud defensiva. Los zombis eran lentos y torpes, pero peligrosos: un simple mordisco y nuestros amigos se convertirían también en muertos vivientes. Sin embargo, no pensaban en eso. Estaban tan entusiasmados empujando a sus patosos enemigos a la lava que no se dieron cuenta de que los esqueletos, que venían por el otro lado, estaban ya muy cerca. Era una auténtica legión de guerreros caídos en batallas muy antiguas. Llevaban cascos, escudos, arcos, lanzas y espadas oxidadas, aunque lo que más enseñaban era el puro hueso.

Y allí estaba Mike, todavía aturdido por el aterrizaje, cuando vio tanta «comida» acercándose. Sacudió la cabeza, se acordó del hambre que tenía y se lanzó al ataque. Al primer esqueleto que tuvo a su alcance le pegó un bocado sin miramientos en la tibia derecha. El hueso, reseco al cabo de los siglos, se partió limpiamente, con lo que el atacante perdió el equilibrio. Y, al hacerlo, entró en acción un arma secreta ideada por el Titán: la bestia infernal, viéndose perdida, estalló con un ruido sordo lanzando una ráfaga de huesos en todas direcciones. Como arma secreta no estaba mal pensada, pero era evidente que el Titán no la había ajustado bien. A Trolli, por ejemplo, le pegó un peroné en plena frente, pero le dio tan flojo que ni se enteró. Sin embargo, el resultado fue muy distinto con los otros esqueletos.

Después de miles de años de inactividad los huesos estaban resecos y flojos. En realidad ya era un milagro que se mantuvieran en pie. Así, el esqueleto que marchaba en segundo lugar recibió en plena calavera el golpe de una costilla de su colega. Y el impacto, aunque no fue muy fuerte, le hizo estallar también. Un fémur pegó a Mike en toda la boca. Se lo comió de un mordisco.

—Está un pelín soso —observó.

No tuvo tiempo de hacer más bromas: ante sus asombrados ojos se puso en marcha una reacción en cadena de explosiones. Cada esqueleto golpeado por los huesos voladores de un compañero explotaba de inmediato, dañando a su vez a los que estaban a su alrededor. A medida que los atacantes estaban más apiñados, este efecto destructor se multiplicaba. El ruido era como si miles de tizas cayeran de pronto al suelo, y subió tanto de volumen que incluso dejaron de oírse los chillidos de los zombis en llamas.

Mike lo tuvo claro: se lanzó contra el punto donde el escuadrón de esqueletos era más denso e, ignorando el peligro, pegó con las patas delanteras sobre el escudo del que parecía el jefe. Al desencajarle el brazo con el golpe, el esbirro explotó proyectando sus cansados huesos sobre los que venían detrás. Un par de acciones más como esta y Mike solo tuvo que esperar a que el ejército de esqueletos se autodestruyera de la forma más tonta. En el otro frente, mientras tanto, Timba y Trolli prácticamente habían chamuscado ya a casi todos los zombis.

Los Compas habían ganado la batalla. Los pocos enemigos supervivientes se agruparon y se largaron tan rápido como pudieron. Que no era mucho, porque se movían con la torpeza típica de los muertos vivientes.

—¡Madre mía! —exclamó Timba—. Menos mal que hemos visto muchas series de zombis.

—Y los videojuegos... Eso también ayuda —le respondió Trolli—. Buen trabajo, Mike.

—Gracias —respondió el perro—. Aunque sigo con hambre. Esos huesos no tenían alimento. Y ahora me sabe la boca a rancio.

Consumidos los zombis en llamas, la oscuridad volvió a dominar la llanura. Hacia el este una ligera claridad anunciaba el amanecer, pero todavía faltaban un par de horas para la salida del sol.

—Escuchad —dijo Trolli, después de analizar un poco la situación, y antes de que Timba empezara de nuevo a roncar—, tenemos que ponernos en marcha, pero ya. Es posible que esos petardos vayan a buscar refuerzos. Y si vienen más, no podremos con ellos.

—Estoy de acuerdo —ladró Mike—. Vayamos a por el diamantito.

—Pues lo primero —señaló Timba— es resolver la clave.

—Vale... A ver cómo dice: «Si con el sol, en lo más alto, eres capaz de ver desde el ojo del loro gris, serás digno de encontrar el diamante sagrado que reposa en la gran cruz de las tinieblas».

—No entiendo nada.

—Ni yo.

—Ni yo. Mike, olfatea a ver si detectas un nido de loros en el árbol.

—Lo siento, Trolli, pero es imposible: huele demasiado a zombi quemado.

—«Con el sol en lo más alto...» Debe de referirse a que cuando sea de día se verá la cruz de marras.

—No, espera —observó Trolli—. «En lo más alto» va entre comas. No se refiere al sol. Indica que hay que mirar *desde* lo más alto.

—¿Estás seguro? —preguntó Mike.

—Creo que tienes razón, Trolli. Es pura lógica redonda. Mirad: los loros son pájaros que hablan mucho. Como mi abuela Hortensia, que vive en un sexto piso y se pasa el día fisgando por la ventana a la vecina de abajo. La vecina de abajo se llama Mari Cruz y tiene el pelo gris. Así que los loros grises deben tener que ver las cruces desde las alturas.

—Madre mía, Timba, la redondez de tu lógica me preocupa de forma cuadrada —respondió Trolli, que no había entendido ni papa—. Pero... estás en lo cierto.

—Toma... Creo que es la primera vez que le das la razón a Timba —soltó Mike.

—Lo del «ojo del loro gris»... —prosiguió Trolli—. No hay que buscar ningún loro. Es una metáfora: por aquí no hay más aves que esos loros. Lo que debemos hacer es buscar la cruz con los ojos de un pájaro. Es decir, desde el aire. Y solo hay una manera...

Los tres miraron hacia arriba, hacia la copa del árbol.

—No me digas que vamos a tener que trepar.

—Venga, saca la cuerda, que empieza la escalada.

—Maldita sea mi lógica redonda...

Lo más complicado fue trepar los primeros metros, ya que el tronco era bastante liso y no tenía ramas bajas. Timba tuvo una idea: ató una piedra a un extremo de la cuerda y, lanzándola, la hizo pasar por encima de una gruesa rama a unos cinco metros del suelo. Luego se puso él en un extremo y Trolli y Mike tiraron por el otro, haciendo contrapeso.

—Es como un ascensor —dijo, mientras subía.

Una vez arriba, Trolli ató la cuerda alrededor del cuerpo de Mike y Timba lo subió sin mucho esfuerzo. Por último, Trolli subió trepando por la cuerda, previamente atada a la rama.

—Siempre me toca a mí lo más trabajoso —se quejó.

Por suerte, una vez allí, llegar a lo más alto del árbol no era difícil porque las ramas formaban como una escalera de caracol. Y fue necesario ir hasta arriba, ya que había tal cantidad de hojas que casi no se podía ver el exterior, y mucho menos la famosa cruz de las narices... mejor dicho, de las tinieblas.

Ya casi habían llegado arriba cuando Mike, sin querer, tropezó con algo que parecía un montón de ramas pegadas con mocos. Le pegó un buen golpetazo y, de pronto, se escuchó un ruido infernal seguido del vuelo de un centenar de cosas grises. Mike se asustó tanto que perdió el equilibrio y estuvo a punto de caer. Por suerte Trolli, que estaba a su lado, consiguió agarrarlo en el último momento.

—No te asustes tanto, cobardica —le dijo Trolli—. Solo son loros. Has pisado su nido.

—Pues mira... Al final sí que he estado a punto de ver las cosas como un loro: volando hasta convertirme en tortilla.

Timba ya había llegado a la parte alta del árbol. Las ramas formaban allí una plataforma desde la que se podía contemplar toda la isla. El panorama era desolador y fascinante: llanuras resecas, charcos y ríos de lava, algunas zonas de vegetación selvática y, dominándolo todo, el volcán, todavía lejos.

—Teníamos que haber traído unos prismáticos —indicó Trolli.

—No hacen falta para ver a nuestros amigos —le respondió Timba, señalando hacia los zombis y esqueletos supervivientes, que seguían alejándose.

—Tendremos que esperar a que amanezca —dijo Mike—. Entonces podremos ver la cruz del diamantito. Aunque... —se quedó pensando unos instantes—. Hay algo que no encaja. Veréis... En realidad... da igual que haya sol o no.

—¿Y eso, por qué?

—Es una isla volcánica —respondió—. Hay humo y niebla a todas horas. Incluso en pleno día hay poca luz, como ya hemos comprobado. La clave empieza «Con el sol»... Pero pienso que no quiere decir que haya que esperar al sol...

—...sino que hay mirar hacia el punto donde el sol se pone —terminó Trolli el razonamiento de su amigo.

—Exacto —sonrió Mike.

—Un momento, un momento, que me alucino, y eso que he estudiado. ¿Y por qué hay que mirar adonde se pone el sol? —preguntó Timba.

—Porque la cruz es «de las tinieblas» —respondieron Mike y Trolli a la vez—. Hay que mirar hacia el punto donde la luz del día desaparece.

—Entonces —Timba hizo un esfuerzo mental. Quizá le salió un poco de humo de la cabeza, pero como aún estaba oscuro, no se vio—, eso quiere decir que, de alguna manera, la cruz se ve mejor de noche. No lo entiendo.

—¡Pues porque es luminosa! —exclamó Trolli.

Los tres amigos se volvieron hacia poniente. Allí, justo al oeste, se levantaba majestuoso el cráter del volcán. El perfil de la montaña, brillante, se veía perfectamente, recortado sobre un cielo muy oscuro. La lava brillaba con suavidad. Y allí, en ese resplandor, se fijaron por primera vez en la

forma del cráter: una inmensa cruz brillante que solo podía verse de noche y desde gran altura.

—La cruz de las tinieblas... Ahí la tenemos.

—¡Vamos a por el diamantito!

Animados por sus descubrimientos, el descenso fue pan comido: solo había que hacer lo mismo que al subir, pero al revés. Fácil, ¿no? Sí... Si no fuera porque mientras bajaban les pareció escuchar que algo se movía cerca, al otro lado del espeso ramaje. Y no eran zombis ni esqueletos porque, lo que fuera, volaba.

—¿Serán los gases y las rayas?

—No... No huele a pedo.

—Sea lo que sea es demasiado grande para ser otra vez los loros.

—Lo vamos a saber enseguida, me temo... Ya estamos casi abajo.

Una vez en el suelo, vieron lo que se les venía encima. No, no eran gases ni rayas, ni ningún otro enemigo con el que ya se hubieran enfrentado. Era una nueva amenaza que ni se habían imaginado.

14.
LA CRUZ DE LAS TINIEBLAS

—¡Desde luego en esta isla no falta de nada! —ladró Mike.

—¿Brujas? ¿En serio?

Sí, brujas, un grupo de tres revoloteando sobre sus escobas alrededor de Trolli, Timba y Mike como buitres al acecho. Las brujas eran el «cuerpo de élite» de las hordas del Titán Oscuro. Rápidas y astutas (al menos no tan zoquetes como los zombis), con capacidad de vuelo y con una poderosa arma contra la que los Compas no podían hacer nada: la magia.

Hemos dicho que iban sobre escobas, pero es una verdad a medias. Una de las brujas, la más vieja, sí que iba montada sobre una escoba. Otra, de mediana edad —como tu vecina de arriba—, «pilotaba» una fregona (un poco churretosa, puaf). Y la tercera, la más joven y un tanto presumida... volaba sobre una mopa. ¡Lo último de lo último en limpieza de suelos! Y para eso estaban allí: para «limpiar» de la faz de la Tierra a esos tres entrometidos que se habían hecho con el pergamino que tanto deseaba el Titán Oscuro. El objetivo de las brujas estaba claro: aniquilar a los Compas. Nada de prisioneros.

—¿Qué hacemos, chicos? —preguntó Timba.

—Bliblu...

—No parecen tan blandas como los esqueletos, ni tan inflamables como los zombis —observó Mike.

—Al menos no huelen tan mal como las medusas flatulentas. Hay que atacar. Si no, nunca llegaremos al diamantito.

Trolli recogió el palo que había usado contra los zombis y trató de derribar a una de las brujas, la vieja de la escoba. No le parecía muy galante tratar así a una anciana pero, en fin, tampoco eran precisamente unas damiselas. De todas formas, si lo que le preocupaba era la cortesía, no había motivo: la bruja lanzó un hechizo y el palo se convirtió en un ramo de flores. Cuando Trolli sacudió a la hechicera con él, no le hizo nada, salvo que se vio envuelto de pronto en una nube de polen.

—¡Aaaaatchiiiiis! ¡¡¡Aaaay, Roberta!!! ¡Cómo me cuidabas cuando me daba la alergia!

—¿Pero tú eres alérgico? —le preguntó Timba.

—Pues... No me acuerdo. ¡¡¡Aaaaayyyy, Robertaaaa, qué amnesia tengooo!!!

—No desesperemos —dijo Mike—. Si hemos podido con una horda de zombis y esqueletos armados, enfrentarnos a estos esperpentos voladores será pan comido.

—En tu caso, papel comido.

Bromas aparte, Timba y Trolli estuvieron de acuerdo. Su reciente victoria contra la infantería del Titán Oscuro les había llenado de optimismo. Un optimismo algo injustificado, como Timba pudo comprobar enseguida, al coger la cuerda y hacer con ella un lazo: pretendía atrapar a una de las brujas... ¡como en las películas del oeste!

—¡A ver si dejan de girar a nuestro alrededor, que me están mareando!

Para no haberlo hecho antes, no manejaba mal la cuerdecita. Claro que una cosa es darle vueltas en el aire y otra lanzarla con éxito. Cuando la bruja más joven se acercó lo suficiente, Timba arrojó el lazo y la hechicera le respondió con un embrujo que transformó la cuerda en una serpiente gigante. El animal abrió su enorme bocaza de par en par en dirección a Timba, como indicando que se lo quería zampar.

—¡Melocotón! —gritó, sin poder moverse, helado por el terror... y por el aliento apestoso del ofidio.

Mike, atento a la jugada, se acercó a la serpiente por detrás y le pegó un buen mordisco en la cola. El animalillo diabólico soltó una especie de bufido de dolor a la vez que levantaba de golpe la cola mordisqueada... a la que todavía estaban agarrados los dientes de Mike (y el propio Mike, «casualmente» unido a su propia dentadura). El valiente perro salió disparado... con tanta puntería que impactó contra la bruja joven en mitad del aire.

Durante un segundo el perro y la hechicera quedaron quietos en el aire. Luego la bruja cayó por un lado y Mike y la mopa por otro. Timba, Trolli y las dos brujas contemplaron la escena con asombro... y preocupación. Cada cual preocupado, eso sí, por cosas distintas. Las brujas, por su compañera; y los dos Compas... por el Compa perruno. ¡Pues los dos caían directos sobre una laguna de lava hirviente!

La bruja «aterrizó» la primera. No era tan inflamable como sus colegas zombis, pero el «tratamiento termal» no le sentó nada bien: no hay hechizo que pueda resistir algo así. De pronto los Compas tenían una bruja menos de la que

preocuparse. El problema es que Mike estaba a punto de correr la misma suerte.

Nadie se había acordado hasta ese momento de la mopa (que estaba nuevecita, por cierto. Se notaba que no habían barrido nada con ella), pero el artilugio resultó esencial: cayó por delante de Mike y se clavó en posición vertical sobre la roca fundida. El valeroso perro, que venía a continuación, aterrizó justo encima.

—¡Madre mía! —exclamó—. Creo que me he salvado por los pe...

Había hablado demasiado rápido. Aparte del equilibrio bastante inestable en el que se encontraba, lo peor es que el mango de la mopa empezaba a derretirse con rapidez y Mike iba bajando poco a poco hacia la lava.

—¡Que alguien me saque de aquí o me convertiré en un perrito caliente! —gritó antes de decir—: Mmmmmm... Perrito caliente... Qué rico.

Mike estaba fuera del alcance de los Compas... O tal vez no. Al desaparecer la bruja joven, su serpiente hechizada se desvaneció también. Timba agarró lo que de nuevo era una cuerda y, tras comprobar que el lazo era firme, la arrojó hacia Mike, cuyas posaderas casi tocaban ya la lava.

—¡Déjate agarrar por el lazo, Mike!

Por suerte Mike no le hizo caso. Ya hemos dicho que manejar el lazo como los vaqueros es complicado. De hecho, le pasó un metro por encima. Así que Mike optó por saltar y agarrarse con los dientes a la cuerda voladora. Cuando vieron que la tenía bien sujeta, Timba y Trolli pegaron un tirón con todas sus fuerzas, lo suficiente para traer a Mike de vuelta a lugar seguro... Bueno... Casi seguro.

—Madre mía, qué golpetazo —se quejó—. Si esta aventura dura mucho voy a acabar como los esqueletos: ¡hecho polvo!

Los tres Compas estaban a salvo, pero solo de momento. Quedaban dos brujas en activo y tenían muchas ganas de vengar a su amiga. La más vieja casi lo consiguió lanzando rayos de energía contra los Compas. Por suerte, al ser tan mayor no veía muy bien y las descargas impactaron a un par de metros de nuestros amigos.

—¡Moveos! —gritó Trolli, agarrando otro palo.

La bruja de mediana edad invocó un hechizo y el palo se convirtió en un salchichón.

—¡Así no hay manera! —gruñó Trolli— ¡Esto es trampa!

Mike, al ver el salchichón, pegó un salto y se lo comió de un bocado.

—Oye, que me dejas desarmado.

—Bah, no te creas —respondió Mike—. Era un salchichón de esos blandos. Si hubiera sido una barra de pan bien durita, todavía habría servido como arma.

—Eso sí que es lógica redonda —se rio Timba.

—Se lo habría comido igual...

Al ver a sus rivales sin armas y acorralados las brujas se dispusieron a lanzar un hechizo doble para dejarlos fritos.

—Amigos, me parece que esto se acaba —ladró Mike.

—Ha sido un placer conoceros —se despidió, solemne, Trolli.

—Bueno, al menos podré dormir por fin —dijo Timba, con una sonrisa forzada.

Las brujas se pararon en el aire, delante de ellos, concentraron grandes bolas de energía en sus manos arrugadas y empezaron a pronunciar unas palabras mágicas.

«¡Pam, pam!»

No, no es que el encantamiento letal sonara así... Era otra cosa.

—¿Estamos ya muertos? —preguntó Mike.

—No... Eso ha sido una escopeta.

Abrieron los ojos (que habían cerrado por esa cosilla del terror y tal) y vieron que las brujas huían a toda prisa rascándose el trasero con cara de dolor. ¿Qué había pasado? Pues que allí, a apenas unos metros, estaban Rius y Raptor, este último armado con un viejo trabuco (prestado por Rius, y herencia de Juan Espárrago, seguro) que echaba humo por el cañón.

—¡Hemos llegado justo a tiempo, muchachos! —gritó Rius, sonriente.

—¡Salvados! —gritaron los Compas a la vez.

—Pero... ¿cómo es que habéis vuelto? —preguntó Trolli.

—Desde el barco vimos a las brujas volando hacia el interior de la isla —respondió Raptor—. No había que ser un genio para darse cuenta del peligro.

—Así que cogimos el trabuco de mi antepasado y volvimos a toda prisa. Llevo el arma a bordo para defenderme de los piratas.

—¿De los piratas, Rius? ¿En serio? —preguntó Timba.

—Ya ves... Hay que proteger el negocio, chaval.

La munición eran perdigones de sal, suficiente contra las brujas. A fin de cuentas eran medio humanas y podían sentir el dolor como cualquiera.

—Nos hemos vuelto a salvar de milagro —observó Timba.

—Sí, por aquí parece que es la costumbre —remató Mike.

—Pero no podemos seguir tentando a la suerte —dijo Trolli—. Vamos a por el tesoro de una vez.

Todos estuvieron de acuerdo.

El camino hasta la base del volcán aún les llevó un buen rato, aunque aparte de algún temblor de tierra, no pasó nada más. Los secuaces del Titán parecían escarmentados. Sin embargo, los Compas no se imaginaban los peligros que aún les aguardaban.

—¿Qué piensas, Trolli? —preguntó Mike—. ¿Aún crees que la profecía es un cuento?

—No sé. Todo es muy raro. No hay duda de que aquí pasa algo anormal... Sobrenatural... Pero de ahí a creer una vieja leyenda de titanes que vuelven a la vida. O que un elegido se le tiene que enfrentar. Ha de haber alguna explicación más lógica.

—Pues a mí, visto lo visto —intervino Timba—, me parece más razonable lo de la profecía que lo del tesoro pirata. Me da a mí la sensación de que si Juan Espárrago llega a poner los pies en esta isla, se desmaya de miedo.

En estas conversaciones llegaron al fin al pie del volcán. Rius, agotado, decidió no subir. Raptor se quedó con él, esperando el regreso de los Compas con el tesoro... o lo que fuera lo que hubiera ahí arriba. Mike, Timba y Trolli continuaron el camino, esta vez muy cuesta arriba. No era, sin embargo, un ascenso difícil. Lo peor eran los pequeños terremotos, cada vez más frecuentes, y los ruidos siniestros que brotaban del interior de la tierra.

—Da la sensación de que algo terrible va a ocurrir en cualquier momento —se lamentó Mike.

—¿Más terrible aún que lo que llevamos visto hasta ahora? No fastidies. Como no aparezca un dragón...

Todos rieron imaginando esta posibilidad. Necesitaban aliviar la tensión. Estaban llegando al borde del cráter y allí les esperaba una nueva sorpresa. Mike fue el primero en asomarse:

—Pues va a ser verdad que los tesoros están en la X —dijo, con una gran sonrisa perruna.

El interior del cráter, la famosa «cruz de las tinieblas», era un enorme lago de lava que, como ya habían visto desde el árbol, tenía forma de X. Entre la lava había algunas rocas aquí y allá, como islitas. Y en el centro una roca más grande, plana, con una especie de altar encima.

—Eso no es un altar —observó Trolli.

—¡Es un cofre! —ladró Mike entusiasmado, al tiempo que salía corriendo hacia allí.

—¡Espera, loco, que te vas a freír!

Con una agilidad inesperada, Mike fue saltando de piedra en piedra sobre la lava. Lo cierto es que las «islitas» formaban una especie de camino —aunque bastante peligroso— que llevaba hasta el cofre. Había que pensárselo dos veces para andar por ahí... o mejor no pensárselo nada. Mike escogió esto último. En unos segundos había llegado a su destino. El cofre estaba tallado en piedra y se parecía al sarcófago del caballero, aunque era más pequeño. Mike se levantó sobre las patas traseras y se puso a empujar la tapa.

—Madre... Cómo pesa esto. ¡Venid a ayudarme!

—Qué va... Sigue, sigue, que lo estás haciendo muy bien —le animó Timba.

—Sí. Nosotros vigilamos desde aquí.

Animado por las ganas de tener el diamantito entre sus garras, Mike hizo toda la fuerza que pudo. La losa fue cediendo poco a poco hasta que cayó al suelo. Hubo un pequeño temblor de tierra en ese instante, pero no pasó nada. Mike, con cautela y algo de ansiedad, se asomó al interior del cofre.

—Dia-man-ti-to... —empezó a cantar, casi susurrando, con respeto religioso ante...

Allí estaba, lo que tanto habían buscado los Compas. Guardado desde hacía miles de años, el diamantito de Mike volvía a brillar bajo la luz del sol que acababa de salir. O más bien habría que decir «diamantazo». Porque era un buen pedrusco, hermosamente tallado y resplandeciente, casi cegador. Por primera vez en mucho tiempo alguien ponía los ojos sobre la joya milenaria. Y esta pareció notarlo de alguna manera, pues de pronto emitió un destello muy potente que subió en vertical hacia el cielo y partió las nubes que cubrían el volcán. Mike salió despedido hacia atrás y casi cae en la lava, pero consiguió evitarlo por los pelos.

Al mismo tiempo se escuchó el estruendo de un terremoto en la distancia, al otro extremo de la isla. Trolli y Timba volvieron su vista hacia la llanura que acababan de recorrer. Lejos, muy lejos, más allá del camino de obsidiana, la montaña donde se encontraban el laberinto de cuevas, la sima y la tumba de Kevin Willys había saltado por los aires, empujada por un chorro descomunal de lava. Pero no era una erupción volcánica.

—¿Qué opinas ahora, Trolli, sobre la profecía? —preguntó Timba.

—Bliblu... Quiero decir que... Estamos perdidos.

—Si ese no es el Titán de la profecía, yo soy mi prima la coja.

En medio de un surtidor de fuego y lava la figura del Titán Oscuro emergía del inframundo. Pese a la distancia,

se veía que era inmenso. Un monstruo cuyos ojos, al ver la superficie de nuevo, brillaron con una luz púrpura llena de maldad. Había llegado la hora de reclamar su imperio mundial. Y los primeros que iban a enterarse eran esos canijos entrometidos que le miraban, pasmados, desde la cruz de las tinieblas.

15.
EL ARMA ANCESTRAL

¡Allí estaba el Titán Oscuro, de nuevo sobre el campo de batalla ancestral! Para el monstruo era como si apenas hubiera pasado el tiempo. Y se encontraba en forma, a juzgar por la velocidad con la que se aproximaba a nuestros amigos. El mismo camino que a los Compas les había llevado horas recorrer, al Titán Oscuro le iba a durar unos pocos minutos. De no ser por el horror que lo acompañaba, habría sido un espectáculo verlo: inmenso, oscuro, amenazador, con aquella horrenda mirada púrpura que parecía echar chispas de fuego. Y a su paso la tierra temblaba, los géiseres estallaban y los ríos de lava lo inundaban todo.

—¿Qué hacemos, Trolli? —preguntó Timba, con los ojos clavados en lo que se les venía encima.

—Pues... Te diría que «bliblu». Pero creo que esta palabra no iba a expresar lo que siento.

—Qué bien hablas, viejo amigo.

—Son los nervios de saber que voy a morir de aquí a un ratito.

—Y encima no viene solo, el tío.

Era cierto: el ejército del Titán había vuelto a reagruparse. Estaban todos allí: zombis y esqueletos arrastrándose por tierra. Para animarlos a caminar con rapidez, varias escuadrillas de brujas les lanzaban hechizos de todo tipo desde sus escobones. Una «ayuda» que no necesitaban los gases y rayas voladoras, que acompañaban al Titán formando grandes nubes en el cielo.

—Creo que deberíamos largarnos de aquí. Por no morir y eso... —dijo finalmente Timba.

—Estoy de acuerdo. Hay que saber cuándo se ha perdido la partida.

—¡Raptor, Rius! —gritó Timba a sus amigos de Tropicubo, que veían la escena, alucinados, desde la base del volcán—. ¡Salid por pies, que aquí no regalan nada!

—¡Y tú, Mike, ven corriendo! ¡Nos vamos a toda pastilla!

—Pero, pero... ¿Y el diamantito?

—¡A la porra el diamantito!

—¡No, antes la muerte! —contestó, envalentonado, Mike.

—Si es que precisamente va de eso... ¡Que nos van a hacer rodajas!

—Mmmmmm, rodajas —dijo Mike—. Aunque, pensándolo bien... Vale, vámonos.

Demasiado tarde. Los pasos del Titán hacían temblar la isla como si fuera un flan. Y estos terremotos hundieron en la laguna de lava varias de las rocas que habían servido a Mike como camino para llegar al diamantito.

—¡Estoy atrapado! ¡Huid sin mí, amigos! Y habladle a todo el mundo de lo valiente que fui —dijo Mike, en plan melodramático.

—No sé yo si esto se lo vamos a poder contar a alguien —observó Trolli, algo desanimado.

Las rayas y los gases rodeaban ya el cráter, cerrando toda escapatoria. Y una docena de brujas había capturado a Raptor y Rius. Solo los Compas seguían libres, aunque atrapados dentro de la ardiente cruz de las tinieblas. O sea, en el cráter.

—No vienen a por nosotros —observó Timba.

—No... Es como si no se atrevieran a entrar en el cráter. Creo que les asusta el resplandor mágico del diamantito.

—Bueno, eso está genial. Prácticamente estamos salvados. Excepto porque no podemos ir a ningún sitio, no tenemos comida ni agua, Rius y Raptor han caído prisioneros y Mike no puede salir de esa cazuela de lava... Esta fea la cosa.

—¿Y si nos rendimos? Aunque... No, no creo que se enrollen bien con nosotros, después de todas las palizas que les hemos dado.

—Bueno, podemos discutirlo con el Titán... Ya lo tenemos aquí.

—Es rápido el tío. Más que tu prima la coja. Este... ¿Melocotón?

—Sí. ¡Melocotonazo!

Allí estaba, en toda su malvada presencia. El Titán Oscuro, acompañado por sus hordas, se disponía a iniciar una nueva era de maldad. Y el primer paso, según la profecía, era eliminar la principal amenaza a su proyecto siniestro.

—¡Ridículos humanos! —bramó—. ¿Cómo osáis interponeros entre mí y el arma ancestral?

—¿De qué arma habla este pedazo de bestia parda? —preguntó Timba.

—No sé... —le respondió Trolli—. ¿Se referirá a esta?

Sin pensárselo dos veces, agarró una piedra y se la lanzó al Titán. El proyectil le pegó en todo el pecho, hizo un ruidito blando y cayó al suelo. El malvado ni siquiera había sentido el golpe, porque empezó a reírse a carcajadas. Pero con una risa mala, es decir, oscura, sin alegría. Luego, de un manotazo, apartó a Timba y a Trolli de su camino. Los dos salieron volando como plumitas. Trolli quedó panza arriba, al borde del lago de lava. Timba aterrizó de nalgas sobre un gran bloque de piedra.

—¡Mike, va a por ti! —alertó Trolli.

—Pobre Mike... —se lamentó Timba—. Creo que al final va a ser cierto lo del perrito caliente. Y esto me recuerda un chiste... Va un tío a un restaurante, pide el menú y, cuando se lo traen, se queja: «Oiga, camarero, este filete tiene muchos nervios». Y el aludido le responde: «Lógico, es la primera vez que alguien se lo come».

Trolli entendió que su amigo quería subir los ánimos, pero no pudo evitar que su sonrisa se helara. Y es que la situación no podía ser peor. Mike estaba atrapado, sin posibilidad de huir, mientras el Titán se acercaba caminando sobre la lava fundida como si tal cosa. Sin embargo, lo que atraía al Titán no era nuestro aterrorizado amigo, sino... ¡El diamante!

Durante unos segundos el Titán se detuvo ante el cofre abierto. Allí estaba la piedra, despidiendo un brillo cegador, una columna de luz mágica que iluminaba la escena con un brillo irreal. Mike observaba horrorizado el rostro sin formas del Titán Oscuro. Solo sus ojos, ahora encendidos con un resplandor rojo ardiente, señalaban la ambición que llenaba a aquel ser venido del inframundo.

Poco a poco, casi como a cámara lenta, el Titán fue aproximando su mano al cofre. Mike en primer plano, y Trolli y Timba más lejos, lo contemplaban como si estuvieran en una pesadilla de la que no se iban a despertar... Casi estaba a punto de agarrar el diamante. Por un instante, Mike creyó ver en la mirada del Titán algo parecido a una expresión de felicidad.

—¡¡¡Por fiiiinnnn!!! —berreó el monstruo.

Se adelantó un poco a los acontecimientos al decir esto, pues antes siquiera de tocar el diamante, su luz blanca le quemó la mano, que empezó a echar humo como si la hubiera puesto sobre unas brasas. Mike olfateó el tufillo a carne asada y se relamió de hambre, pero se contuvo porque el Titán empezó a dar golpes a diestro y siniestro, de pura rabia. La lava salpicaba en todas direcciones y el volcán entero temblaba de un extremo al otro. Incluso Timba se cayó de la roca en la que estaba subido mientras Trolli esquivó por los pelos un chorretón de lava.

El Titán estaba furioso. El diamante contaba con una protección mágica que le impedía cogerlo. Su furia era demencial, de tal modo que acabó dándole un golpe tan fuerte al cofre que lo echó por tierra.

—¡Si no eres para mí, no serás para nadie!

El cofre se volcó de lado y el diamante empezó a rodar hacia la lava. El Titán Oscuro arrancó de nuevo a reír, con la misma risa maléfica, mientras Mike contemplaba espantado cómo «su» diamantito estaba a punto de caer directamente sobre la roca fundida.

Fue un acto reflejo, instintivo. No lo meditó ni medio segundo. Se apoyó con fuerza sobre las patas traseras y pegó un salto como nunca antes en su vida. Justo cuando el diamantito estaba a punto de perderse para siempre, lo agarró con los dientes tan fuerte como pudo a la vez que se sujetaba al suelo con las patas delanteras para frenar su impulso.

—¡Lo *dengho*. Ya *eh* mío! —gritó, con alguna dificultad, porque no se atrevía a abrir la boca.

Entonces sucedió algo extraordinario. Vale, vale, un apunte: es verdad que hasta el momento los Compas no han vivido más que situaciones extraordinarias. Y eso que habían venido a Tropicubo a descansar... Pero es cierto que lo que ocurrió en ese instante fue algo fuera, pero que muy fuera de lo común.

El diamante, todavía entre los dientes de Mike, se convirtió en una gran espada hecha toda ella de diamante, puntiaguda y afilada como una cuchilla de afeitar. Por suerte, Mike la sujetaba por la empuñadura, porque si no, tal vez se habría cortado. Trolli, que contemplaba la escena con los ojos como platos, fue el primero en entender lo que pasaba.

—¡El arma ancestral! ¡El diamantito era el arma ancestral!

—En ningún momento buscábamos el tesoro de Juan Espárrago —se dio cuenta Timba—. Hemos ido siempre detrás de la profecía.

Mike, al darse cuenta, abrió la boca de asombro y la espada cayó con rapidez. Al llegar al suelo había tomado de nuevo la forma de un diamante. El Titán no estaba menos asombrado que los Compas. Sus ojos se habían vuelto redondos y el color había pasado del rojo furioso a un brillo blanco cegador. ¿Cómo era posible que ese minúsculo chucho pudiera invocar el arma ancestral? Pues el Titán, por supuesto, sabía desde el principio que el diamante y el arma eran una misma cosa.

—Mike, coge el diamante y ven corriendo para acá —le gritó Trolli—. ¡No pierdas tiempo!

Mike hizo lo que le pedía su amigo. Volvió a agarrar el diamante y, de inmediato, volvió a convertirse en la espada legendaria, forjada hacía miles de años por el caballero Kevin Willys y que había servido para derrotar al Titán Oscuro.

Este, por primera vez temeroso de que las cosas pudieran ir mal, intentó agarrar a Mike, pero nuestro amigo era escurridizo como una sardina bañada en aceite. Y además había cometido un error involuntario: al avanzar sobre la lava había abierto un camino «seco» para que el valiente perro pudiera regresar junto a sus amigos: Mike solo tuvo que seguir las huellas dejadas poco antes por el Titán, que habían quedado libres de lava.

Los Compas volvían a estar juntos y afrontaban el reto más peligroso de su vida. Allí estaban, en una situación de lo más normalito: dentro de un cráter volcánico con ganas de entrar en erupción, rodeados de bestias del inframundo, enfrentados a un gigante oscuro y con malas pulgas... Y Mike con la espada ancestral entre los dientes. Timba no pudo evitar una pregunta, y no lo decía en broma.

—Pero, entonces, durante todo este tiempo... ¿el elegido era Mike?

¡**P**ero cómo va a ser Mike el elegido! ¡Si es un perro! ¡Si ni siquiera puede empuñar la espada! Pero no había tiempo para resolver misterios misteriosos, porque el Titán estaba decidido a aplastar a sus enemigos cuanto antes. La maldita arma ancestral ya le había traído bastantes problemas, entre ellos una siesta forzosa de unos pocos miles de años.

Mike, todavía con la espada en la boca, escapó junto a Timba y Trolli volcán abajo. Debían alejarse del Titán para evitar una muerte segura, y si al hacerlo se dirigían a toda máquina hacia brujas, zombis y demás villanos, era un detalle que ya no importaba demasiado: lo primero era evitar que el Titán Oscuro los aplastara como si fueran pulgas.

—¡*Efhadme u'a* mano, *gue* no *buedo gorrer gon* la *efpada!* —farfulló Mike, a quien el arma ancestral obstaculizaba mucho para correr.

—Trae para acá —le dijo Timba, que era el que estaba más cerca, quitándole la espada de la boca. Al hacerlo pensó que el arma se iba a convertir de nuevo en un diamante. Pero... ¡seguía siendo una espada!—. ¿Y esto... de qué va? —exclamó, asombrado.

El Titán no había previsto la rápida reacción de sus adversarios, por lo que consiguieron ganarle cierta ventaja. Además, otro detalle jugó a favor de los Compas. Mientras bajaban por la ladera con el objetivo de liberar a Rius y Raptor, prisioneros de las brujas, se encontraron con que los secuaces del inframundo salían huyendo ante el resplandor del arma ancestral: estaba claro que conocían su poder destructivo. Así pues, el único enemigo verdadero en aquel lugar desolado iba a ser el propio Titán. Pero... ¿cómo enfrentarse a semejante monstruo?

—¡Vamos! —gritó Trolli—. Hay que esconderse.

—¿Esa es... el arma ancestral? —preguntó Raptor, que como todos en Tropicubo conocía muy bien las leyendas.

—Eso parece —respondió Timba, que aún miraba el espadón con cara de pasmado—. Y si no, es lo que va a usar el Titán para hacer pinchos morunos con nosotros.

—¿Y el tesoro de Juan Espárrago? —preguntó Rius.

—¡No hay ningún tesoro! —cortó la discusión Trolli—. ¡Corred todos hacia aquella cueva!

Los cinco amigos se dirigieron tan rápido como pudieron a una gruta que se abría a los pies del volcán. Entraron justo a tiempo, pues el Titán se acercaba a toda velocidad y con unas intenciones bastante asesinas.

—¡Estamos a salvo! —exclamo Mike, jadeando, una vez dentro.

—De momento... —observó Trolli—. ¡Mirad eso!

Con un ruido ensordecedor, como un crujido, vieron que el Titán trataba de introducir una de sus garras en la cueva para atraparlos o despedazarlos.

—¡Salid de ahí, gusanos cobardes! ¡Tenéis algo que me pertenece! —gritó la bestia.

Nuestros amigos trataron de quedar fuera de su alcance, pero la cueva era estrecha. Las afiladas uñas del malvado lanzaban ataques a ciegas. Era como esquivar constantes ráfagas de cuchillos afilados.

—Al final nos va a hacer daño —dijo Timba.

Y tenía razón, porque en ese mismo momento recibió un potente golpe que le hizo rodar por tierra. Timba reaccionó lanzando un espadazo contra la mano del Titán. El arma ancestral abrió una herida en la extraña sustancia del monstruo, pero ni mucho menos era mortal. Por el contrario, el pinchazo pareció dar más fuerzas al malvado, que de improviso agarró a Timba y empezó a tirar de él para sacarlo hacia el exterior.

—¡Ya te tengo, insecto miserable!

—¡Ayudadme, que me mata! —gritó Timba, al tiempo que lanzaba la espada a sus amigos para evitar que el Titán se hiciera con ella.

Rius, con muy buenos reflejos, se apresuró a coger el arma ancestral en el aire.

—¡Dejadme a mí, rayos y truenos! —voceó el lobo de mar—. Soy descendiente de Juan Espárrago y sé muy bien cómo se usa una espada.

Sin embargo, y para su decepción, el arma se convirtió de nuevo en diamante apenas la tuvo en su mano.

—¡Pero qué diablos...! —exclamó—. ¿Por qué conmigo no funciona?

—Porque la espada solo la puede empuñar el elegido —contestó Raptor.

—¿Elegido? —observó Mike—. ¡Será «elegidos»! Timba y yo.

—Ya, eso es lo que no entiendo, en la profecía...

Raptor no tuvo tiempo de terminar. El Titán Oscuro había conseguido sacar a Timba de la cueva y ahora lo agitaba en el aire, dentro de su gigantesco puño, como si fuera una pluma. El monstruo reía sin parar mientras decía con voz maliciosa:

—Vamos, muchachoooossss... Salid de ahí y os prometo que no os haré nadaaaa.

—Yo creo que miente más que habla —observó Mike.

—Ya te digo. Si salimos... nos matará del todo total. Pero tiene a Timba. Y además esta cueva es una ratonera. No podemos estar aquí para siempre. Hay que pensar algo —Trolli se devanaba los sesos intentando trazar un plan—. Ya lo tengo. Rius, dame el diamante.

Así lo hizo el marino con cara de loro. Al depositar la piedra en la mano de Trolli ocurrió algo que dejó a todos... sí, de piedra: el diamante se convirtió de nuevo en espada.

—Entonces... ¿yo también soy el elegido? —se preguntó en voz alta.

—Está claro —resolvió Raptor la cuestión—. La profecía no indicaba que solo pudiera haber un elegido. Podían ser más. Podían ser... tres: los Compas.

—¡Salid de ahí, cobardes, o convierto a vuestro amigo en zumo de canijo! —bramaba el Titán, al tiempo que daba patadas al suelo con todas sus fuerzas.

—¡Eso, eso! —gritó Timba, mientras intentaba escurrirse sin éxito de entre los dedos de su enemigo—. ¡Salid de ahí y echadme una mano! ¡No estoy preparado para moriiiirrrr!

—Tenemos que salir —dijo entonces Trolli—, pero antes hay que aclarar una cosa. Raptor, tú que sabes tanto de la leyenda. Ya hemos visto que pinchar al Titán con la espada es como hacerle cosquillas. ¿Qué más dice la profecía? ¿Cómo se le mata?

—En algunas leyendas se hablaba de un punto débil del Titán Oscuro. Está en el lugar donde el caballero Kevin Willys le hirió por primera vez.

—Genial —sonrió Trolli—. Dime cuál es ese punto débil y le ensarto este diamantito o espada o lo que sea.

—Es que... ninguna aclara cuál es ese punto débil.

—Pues vaya un petardo —se quejó Trolli—. Y los pergaminos tampoco dicen nada de ningún punto débil...

—¡Sí que lo dicen! —exclamó de pronto Mike—. Lo hemos sabido desde hace un buen rato. ¡Y claro que viene en el pergamino!

—Resuelve, colega, que no hay tiempo para acertijos.

—El dibujo que apareció gracias a mis heroicos jugos gástricos: la figura del Titán en la parte de abajo, la que al principio estaba en blanco. La mancha roja no es ketchup antiguo. Señala el punto donde hay que herir al patán... digo al Titán: en el pecho.

—Ah, vale —intervino Rius—. Eso lo soluciona todo. ¿Y cómo vamos a herir en el pecho a ese gigantón?

—Podríamos lanzarle la espada.

—No, se convertiría en diamante por el camino, pero... Creo que tengo una idea —empezó a decir Trolli, pero no tuvo tiempo de terminar.

El Titán volvió a patear el suelo con fuerza, provocando un nuevo terremoto. Nuestros amigos cayeron al suelo mientras la bóveda de la cueva dejaba caer grandes pedruscos que casi los aplastan. Aturdidos, se levantaron llenos de rasguños, pero, por suerte, enteros.

—Vamos a por el Titán —decidió Trolli—. Haremos lo que podamos.

—¿Pero cuál era tu idea? —preguntó Mike.

—Ah, sí, lo había olvidado...

Trolli iba a empezar a explicar su plan cuando, de pronto, escucharon un lejano sonido que provenía del interior profundo de la cueva. El ruidito se fue transformando rápidamente en ruido a secas, luego en ruidazo y al final en un estruendo.

—¡Melocotón! —exclamó Mike, con los ojos fuera de sus órbitas, mirando hacia lo que se acercaba desde lo más profundo de la gruta.

¡Un torrente de lava desbocada! Las patadas del Titán habían removido el subsuelo empujando la roca fundida hacia el exterior. Y es que aquello no era una simple cueva, sino un foco secundario del volcán, una especie de olla a presión potencialmente mortal.

—¡¡¡Todos fuera, ya!!! —gritó Trolli.

No hacía falta que lo dijera: los cuatro salieron corriendo disparados, pero la salida de aquel agujero ardiente era muy estrecha y, según se acercaban al exterior, se fueron apretando unos contra otros hasta que, de improviso, formaron un tapón humano/perruno que no podía moverse ni hacia adelante ni hacia atrás.

—Nos vamos a cocer como una ración de mejillones —sollozó Mike—. Mmmmm... Mejillones...

Entonces la presión del gas que abría camino a la lava chocó de improviso con los cuatro amigos atascados y los empujó hacia fuera cual corcho de botella. De hecho hicieron «plop» antes de caer rodando a los pies del Titán. La lava cubrió en ese momento la entrada de la cueva, se enfrió con rapidez y se volvió sólida, dejando a nuestros amigos sin refugio. Había llegado la hora de la verdad.

Trolli todavía empuñaba la espada de Kevin Willys y vio que el Titán se acercaba. No tenía muy claro cómo actuar, así que solo hizo una pregunta a su amigo Mike:

—¿Mike, confías en mí?

—No —fue la respuesta del ahora blanquecino perro; adivinaba que algo malo o peligroso se le venía encima.

—No importa. Tú solo haz lo que yo te diga y te convertirás en un héroe mundial.

—¡Pero yo no quiero ser un héroe, lo que quiero es largarme de aquí y comermmmmffff!

—Toma, colega, de momento muerde esto.

Sin darle tiempo a quejarse, Trolli colocó la espada en la boca de Mike y le animó a morder con fuerza.

—Limítate a no abrir la boca durante unos segundos, solo te pido eso.

El valeroso perro hizo lo que le pedía su amigo y apretó la empuñadura de la espada entre su fuerte aunque algo amarillenta dentadura. Trolli no pudo evitar un pequeño acceso teatral:

—Mike, hoy vas a ser protagonista de una victoria que se recordará por todos los tiempos. Primero Kevin Willys, el caballero; luego Mike... Mike a secas, el perro.

—¡Pero haz algo ya, Trolli, que este titancito me está... aplastando! —se quejó Timba, casi sin aliento.

El Titán, cada vez más furioso, apretaba el puño alrededor del cuerpo de Timba como si quisiera exprimir un limón. Este tratamiento tan poco amistoso despertó del todo a Timba, quien de pronto entendió que Trolli planeaba algo. Decidió llamar la atención del Titán:

—Esta situación me recuerda un chiste, Titancito —murmuró Timba, con un hilillo de voz, pues casi no podía respirar—. ¿Sabes cuál es el colmo de un periodista?

—Mmmm... No, ni idea, microbio. Pero estoy seguro de que me lo vas a decir —respondió el Titán, apretando un poco más.

—Pues morir aplastado por la prensa. Qué ironía, ¿verdad?

—¡Muy gracioso! —bufó el Titán—. Acabo de volver a la vida y ya tengo entradas gratis para el circo. Pero no estoy para bromas: tú, enano —voceó dirigiéndose a Trolli—. Dame de una vez el arma ancestral o aplasto a tu compañero.

Trolli, que había aprovechado el chiste de Timba para acercarse al máximo al Titán sin que este se diera cuenta, gritó de pronto:

—¿Quieres la espada, malvado? ¡Pues toda tuya!

Al decir esto, cogió a Mike con ambas manos, lo levantó por encima de su cabeza y, con todas sus fuerzas, lo lanzó hacia el pecho del Titán como si fuera un dardo. El vuelo duró un segundo interminable en el que todos quedaron como paralizados. El Titán no parecía creer lo que estaba viendo. Timba seguía haciendo esfuerzos por respirar. Trolli contemplaba la grave situación en la que estaban con la esperanza de que su loco plan funcionara.

Funcionó. Mike no soltó la espada y esta se clavó en pleno pecho del Titán hasta que solo la empuñadura quedó fuera. Hubo un segundo de silencio. El Titán agarró a Mike con su mano libre, en un vano intento de arrancarse el arma. Pero Mike ya la había soltado. De improviso, un rayo de energía bajó desde las nubes hasta la espada. Luego otro y otro, y otro más. Era como si todas las tormentas del mundo esta-

llaran a la vez y se concentraran en la herida del monstruo. La espada mágica había herido de muerte a la bestia del inframundo, convertido ahora en el pararrayos más espectacular que el mundo haya conocido.

El Titán (ahora ya no muy «oscuro», porque estaba bien iluminado) se tambaleaba a un lado y a otro. Cada impacto le robaba energía y le debilitaba hasta que, por último, se derrumbó contra el suelo causando un último terremoto. Despanzurrado, la sustancia oscura que lo envolvía se disolvió en un tinte púrpura que corrió por el suelo y se mezcló con la lava de una charca cercana. Sus huesos empezaron a quedar a la vista, pelados como los de un pollo asado después de la cena. Antes de morir, la bestia del inframundo lanzó un grito agónico que llenó de espanto a todos.

En ese instante sus esbirros comenzaron también a sucumbir: era el efecto de la muerte de su amo. Esqueletos y zombis se desplomaron, privados de la magia negra que los mantenía en pie, mientras del cielo se precipitaba una lluvia de rayas voladoras y gases. Por suerte ninguna de estas alimañas se encontraba cerca de nuestros amigos, pues habrían podido morir aplastados. Todos estos seres se desintegraban al tocar el suelo, cubriéndolo de una ceniza gris que un viento cada vez más fuerte barría en cuestión de segundos.

Las brujas, aunque más poderosas, fueron también cayendo, pero ellas se convertían en rocas de formas grotescas, sembrando la llanura volcánica de extrañas esculturas. El ruido del viento y la tormenta era atronador, hasta tal punto que los bramidos del Titán ya no se podían escuchar. Los cinco amigos se taparon los oídos para no quedarse sordos: aquello era peor que estar al lado de los altavoces de una discoteca de pueblo.

Y de repente, el silencio más completo. Dejaron de caer rayos y el viento paró de golpe y porrazo. La luz blanca del arma ancestral también se apagó para siempre. El Titán Oscuro era historia. Pero aún no habían acabado las sorpresas.

Mike y Timba, con la ayuda de sus amigos, consiguieron salir de entre los puños petrificados del Titán... Estaban magullados y algo doloridos, pero sanos y salvos. Aunque, un momento... ¿se había petrificado de verdad el Titán... o era otra cosa?

—¿Os habéis fijado en esto? —preguntó Rius.

—¿Qué pasa? —dijo Trolli, mientras abrazaba a sus dos amigos, feliz de que estuvieran vivos y enteros.

—¡Es cierto! —exclamó Raptor—. ¡Fijaos!

Lo que había sido el cuerpo del Titán era ahora un esqueleto grisáceo parecido al de los titanes muertos milenios atrás, solo que mucho más grande. Rius y Raptor señalaron las grandes manos, justo en los lugares en los que Timba y Mike habían hecho fuerza para salir. Allí la capa grisácea se había caído debido al roce y, en su lugar, se veía un llamativo brillo dorado. Trolli fue el primero en acercarse. Pasó la mano y vio que la cobertura gris se desprendía con facilidad y debajo aparecía un metal brillante.

—¿Más pirita? —preguntó Timba.

—No, tío... Esto es oro de verdad...

—¿Oro?

—¡Oro! ¡Un titán de oro, toneladas de metal!

—Esto sí que es un tesoro, y no el de mi antepasado.

—¡Y aquí hay algo más! —ladró Mike, entusiasmado.

El valiente perro, una vez recolocados sus huesos doloridos por el esfuerzo realizado, se había subido al pecho de su enemigo. Buscaba una cosa muy concreta y la había en-

contrado. Allí, rodeado de un círculo dorado, como una joya fantástica, relucía el diamante ancestral. Mike se acercó, lo apretó entre sus fuertes mandíbulas y tiró de él. Le costó un poco extraerlo, pero lo consiguió.

—Sigue siendo un diamante —dijo, con asombro—. Ya no es una espada.

—La profecía se ha cumplido —anunció Raptor, con los ojos como platos—. Habéis acabado con el Titán Oscuro. No me lo puedo creer.

—Y yo que siempre había pensado que todo eso eran paparruchas —dijo Rius—. ¡Sois unos héroes, muchachos! Os va a conocer el mundo entero.

Los Compas se miraron unos a otros. Trolli habló en nombre de los tres:

—¿Y quién se va a creer esta historia? Nos tomarán por locos.

—Eso pienso yo —le secundó Mike.

—Y no digo ya si le intentamos explicar a algún visitante futuro de esta isla por qué hay tantos esqueletos gigantes por aquí. Yo también voto por no decir nada —remató Timba.

—De acuerdo entonces —dijo Trolli—. Los Compas salvamos el mundo...

—...pero solo lo sabremos los que estamos aquí.

Los Compas chocaron sus palmas (Mike una garra) para sellar el trato. Rius y Raptor asintieron, sonrientes.

—Al menos... sois ricos, chavales —indicó Rius—. Creo que esta fortuna os pertenece.

—Bueno... —empezó a decir Trolli—. Pienso que este montón de oro se lo ha ganado la ciudad de Tropicubo. Servirá para reparar los daños causados por los terremotos.

Todos estuvieron de acuerdo.

—¿Y el diamantito? —preguntó Mike, poniendo unos ojos enormes, como para dar pena.

—¡Bah, rayos y truenos! —se adelantó Rius a todos—. Creo que los Compas os podéis quedar el diamante. Os lo merecéis de sobra.

Todos estuvieron de acuerdo. Y Mike, con ojos felices, volvió a entonar su canción favorita:

—¡¡¡Dia-man-ti-to, dia-man-ti-to, tesoros y riquezas a mi alrededoooorrr!!!

A continuación, después de echar un último vistazo a aquel extraño lugar donde habían corrido tantas aventuras, emprendieron el camino de vuelta a los barcos.

—¡Por fin podré *esforzarme* a gusto! —dijo Timba.

—Y yo comer, maldita sea. Creo que me he ganado por lo menos un chuletón —ladró Mike.

—Vaya dos... Bueno, el camino aún es largo. ¿Qué tal si nos cuentas un chiste, Timba? —sugirió Trolli.

—A ver si me acuerdo de alguno...

—Pero que sea bueno.

—Eso va a ser más difícil.

Así, entre bromas, cinco pequeñas figuras pusieron rumbo a casa.

EPÍLOGO.
¿VUELTA A CASA?

Nada más regresar a Tropicubo los Compas —acompañados de sus dos nuevos amigos, uno con cara de pollo y el otro con cara de conejo— acudieron a la comunidad local para indicarles la posición de la isla misteriosa (ahora visible para todo el mundo) y su descomunal yacimiento de oro.

La alegría de la gente de Tropicubo fue tan grande que los Compas fueron nombrados ciudadanos de honor e invitados a pasar allí las vacaciones, completamente gratis. Se celebraron fiestas y se pronunciaron muchos discursos que siempre acababan con grandes aplausos. Mike y Trolli agradecían las ovaciones mientras Timba...

—¿Qué pasa, qué pasa? —decía, sorprendido.

Sí: mientras Timba se despertaba a causa del ruido. Como de costumbre.

Durante los días siguientes los Compas pudieron hacer por fin aquello para lo que habían ido a Tropicubo: descansar. Trolli bajaba mucho a la playa, visitaba los mercadillos y se sentaba en las terracitas. Mike descubrió que la gastronomía local era deliciosa. Mucho más sabrosa que el insípido papel, por supuesto. Y Timba pudo por fin *esforzarse* a sus anchas. ¡Ya era hora! Algunos días sus ronquidos se podían oír desde el puerto. También salían todos a navegar en *La pluma negra*, que Rius les prestaba encantado para compensar su mal comportamiento cuando los secuestró en la isla.

Pero lo que más disfrutaban era bajar al chiringuito de la playa a tomar refrescos y a reunirse con sus nuevos amigos Raptor y Rius. Una de esas tardes, los cinco conversaban animadamente.

—¿Entonces, os quedáis unos días más? —preguntó Raptor.

—¡Qué remedio! Aquí mi amigo Mike se ha zampado los pasaportes. Tardarán varios días en hacernos otros nuevos.

—Creí que eran chocolatinas.

—¿Sabéis que la isla misteriosa se ha convertido en un nuevo atractivo turístico? —preguntó Raptor, pero era una pregunta retórica, porque lo sabía todo el mundo—. La llaman la «Isla de los Esqueletos».

—No me gusta ese nombre —dijo Mike, sin parar de comer—. Habría que llamarla «Isla del Diamantito».

—Yo la llamaría «Isla Donde Casi Nos Dejamos el Pellejo» —insinuó Trolli.

—Eso es casi un chiste, Trolli —dijo Timba—. Y me recuerda otro: se abre el telón y en el escenario hay una isla y una bolsita de té. ¿Cómo se llama la película?

—Ni idea.

—Yo tampoco.

—La isla del té-solo —soltó Timba, y empezó a troncharse, acompañado enseguida de las risas de Mike.

—Quizá sería un nombre adecuado —sonrió Trolli.

—Rius —dijo Timba, de repente—. Llevo un rato mirándole y... No estoy seguro de qué es, pero le veo algo raro.

—No sé, yo me siento igual que siempre.

—Ahora que lo dices, yo también lo noto —añadió Trolli—, aunque no sabría decir qué...

—Será que me he cambiado de camisa.

—¡No! —exclamó Timba—. Ya sé lo que es: ¡lleva el parche en el otro ojo!

—¡Es cierto! —exclamaron Trolli y Mike a la vez.

—Ah, eso —empezó a responder Rius, mientras Raptor sonreía—. Pues claro, me lo cambio todas las semanas.

—¿Pero no es usted tuerto? —preguntaron, ahora los tres Compas a coro.

—¡Qué va! ¿Por qué habéis pensado eso? ¡Menuda idea! Llevo el parche para no gastar los dos ojos a la vez. Así cada semana uso uno y me duran más.

—Eso sí que es lógica redonda, y no la mía...

—Bueno, está claro que en esta tierra todos los misterios tienen explicación. Menos uno: ¿qué vamos a hacer estos días extra de vacaciones? —preguntó Trolli—. Y no me digas que «dormir», Timba, que te veo...

—Tranqui, Vinagrito, que no digo nada.

—Yo tengo una idea —dijo entonces Raptor—. Y estoy seguro de que os va a encantar a todos.

—¿Qué idea? —preguntaron los otros cuatro (el coro iba creciendo).

—Bueno, después de tantas aventuras, lo que no ha aparecido por ninguna parte es el famoso tesoro de Juan Espárrago. ¿No creéis que deberíamos hacer algo al respecto?

—¡Buena idea, rayos y truenos! —exclamó Rius—. No me vendrá mal algo de ayuda para encontrar el tesoro de mi antepasado.

Los Copas se miraron sin decir nada, hasta que, de pronto, Mike empezó a cantar:

—¡¡¡Dia-man-ti-to, dia-man-ti-to!!! ¡¡¡Riquezas y tesoros a mi alrededor!!! ¿Cuándo salimos?

Los Compas se echaron a reír y brindaron por lo que prometía ser una nueva aventura.